꼬리에
꼬리를 무는 **생각**

초등
글쓰기

2

탈무드 편

이 책을 펴내며

우리가 책을 읽을 때 부모님이나 선생님, 주변 어른들의 말씀과, 친구들과의 관계나 놀이 등의 경험들, 그리고 이미 읽었던 책과 관련되는 것들이 문득문득 떠오르죠. 이런 생각들은 글을 쓰기 위한 글감이 되고, 창의적인 아이디어가 되기도 해요.

또한 세상 모든 일들을 미리 경험해 볼 수 없지만 책을 읽으면서 책 속의 등장인물들이 경험하는 일들을 간접적으로 경험도 하지요. 이런 기회를 통해서 지식을 얻고 지혜를 축적하게 되어 인성과 창의성을 길러 나갈 수 있습니다. 특히 '이솝 우화'와 '탈무드'는 재미도 있지만 지혜롭게 살아가기 위해 질문하고 생각할 수 있는 좋은 이야기들이에요.

이 책을 《꼬리에 꼬리를 무는 생각 초등 글쓰기 ❷》로 이름 붙인 이유는 하나의 이야기가 한 가지의 교훈으로만 끝나지는 않기 때문입니다. 지금까지는 착한 역할, 나쁜 역할로 나누었던 주인공들을 중심으로 글을 읽었다면, 어느 쪽이든 우리도 같은 입장일 수 있다고 생각해 봐요. 착하게 살아야 하는 것보다 상황이 주어졌을 때 어떻게 행동해야 할까를 생각하며 읽어야 합니다.

가령 내 가족을 지키기 위해서 전쟁에 나가야 한다면 총을 들고 나가야 하는 것이 맞습니다. 그러나 평화로울 때에는 폭력이 정당화되지는 않지요? 이제 '좋다,

나쁘다'라는 것에서, 이런 상황이라면 어떻게 하는 것이 바람직한가?'라는 생각을 잘 정리해야 해요. 그러므로 이야기를 읽을 때 상황에 맞는 지혜로운 생각과 판단, 그리고 바람직한 행동을 생각해야 합니다.

지혜로운 생각을 잘하기 위해서는 질문을 잘해야 합니다. 질문을 하면 꼬리에 꼬리를 무는 지혜로운 생각을 쉽게 떠올릴 수 있어요. 한 번이 아니라 꾸준히 질문 연습과 생각 연습을 해 나가야 하지요. 사람들은 모두 각자 다른 환경 속에 살고 있고, 상황을 보는 눈이 다르기 때문에 늘 다른 일들이 일어나기 마련입니다. 이야기 속의 주인공들을 만나며 서로 다른 생각을 가지고 있다는 것을 알고, 존중하는 법도 배워야 해요. 또 하나의 목표를 향해서 어떤 점을 양보하고 어떤 점은 설득시켜야 하는지를 명확하게 하는 것도 알아야 해요.

'이솝 우화'와 '탈무드'는 하나하나 내용은 짧지만 이런 것을 연습할 수 있는 좋은 글감입니다. 주인공들의 어리석음과 잘못에 대한 질문들은 나쁜 행동을 꼬집는 것이 아니라, 어떻게 행동해야 할까를 생각해 보기 위해서임을 잊지 마세요.

이 책은 여러 단계로 나누어 이야기를 읽고, 질문하고 생각하며, 글쓰기를 완성할 수 있도록 구성했습니다. 지금껏 해 온 익숙한 생각과는 다르게 생각할 수 있는 질문으로 말이에요. 또 다른 눈으로 생각을 열어 가는 ≪꼬리에 꼬리를 무는 생각 초등 글쓰기 ❷≫, 여러분들에게 생각의 문을 활짝 열어 주는 계기가 되리라 믿습니다.

2022년 3월 경주에서

장성애

차례

 **논리** 어떻게 바르고 올바른 판단을 할 수 있을까요?

 **도덕** 더불어 살려면 무엇을 지켜야 할까요?

3 행복   만족하는 삶을 위해서는 어떻게 살아야 할까요?

4 지혜   지혜는 어떤 가치를 가질까요?

이렇게 활용하세요

독서 감상문은 책에 담긴 이야기를 읽고 자신의 생각이나 느낌을 글로 표현하는 것을 말해요. 무엇에 대해 이야기하는지 내용을 이해한 뒤, 이야기에 대한 자신의 의견을 글로 적는 거지요. 하지만 이 모든 과정이 어렵게 느껴진다고요? 그럼 글을 쓴다고 생각하지 말고, 질문에 대답을 한다고 생각하는 건 어때요?

이야기를 읽고, 꼬리에 꼬리를 무는 생각 질문에 답을 하다 보면 어느새 독서 감상문 한 편이 뚝딱 완성됩니다.

하나 질문! 꼬리 달기

'탈무드'의 재미있는 이야기를 읽어 보세요. 딱 2쪽밖에 되지 않아서 읽는 데에도 큰 부담이 없습니다. 이야기의 중요한 장면을 담은 그림을 함께 보면서 읽으면 더욱 쉽게 이해할 수 있어요. 다 읽은 다음에는 3개의 질문으로 이야기를 곱씹으며 꼬리 달듯이 생각을 열어 보세요. 질문의 답이 있는 문장을 찾으면서 이야기의 내용을 확실하게 이해할 수 있습니다.

이야기 14 운이 없는 가족

누구의 잘못이 가장 클까요

무덥고 메마른 사막에 한 부부와 아들이 살았어요. 이 세 식구는 너무 가난해서 굶기를 밥 먹듯 했고, 집 없이 *남루한 차림새로 사막을 이리저리 떠돌아다녔지요.

그러던 어느 날, 세 식구를 딱하게 여긴 노인이 말을 건넸어요.

"내일 저녁 무렵 예언자가 이곳을 지나갈 겁니다. 그때 그분에게 물어보세요. 어떻게 하면 불행한 운명에서 벗어날 수 있는지를요."

세 식구는 다음 날이 어서 오기를 기다렸어요. 이튿날 저녁이 되자, 노인 말대로 예언자가 천천히 걸어왔어요. 세 식구는 예언자에게 어떻게 불행한 운명에서 벗어날 수 있는지 물었어요. 예언자는 운명은 바꿀 수 없다고 딱 잘라 말했지요. 세 식구가 간곡히 부탁하자, 예언자는 하는 수 없다는 듯이 말했어요.

"여기서 조금 떨어진 곳에 맑은 샘물이 솟아나는 곳이 있소. 아침 일찍 해가 뜨기 전, 그곳에서 한 사람씩 목욕을 하시오. 단, 세 사람이 각기 다른 날에 해야 하오. 목욕하는 동안 소원을 빌면 모두 이루어질 것이오."

세 식구는 누가 먼저 목욕할지 다투다가 어머니가 먼저 샘에 들어가기로 했어요. 어머니는 세상에서 제일 아름다운 여자가 되게 해 달라며 소원을 빌었어요. 목욕을 마친 어머니는 눈부시게 아름다운 여인으로 변했습니다. 때마침 지나가던 귀족이 어머니를 보고 한눈에 반했어요. 귀족은 어머니를 마차에 태워 데려갔어요. 어머니는 뒤도 안 돌아보고 귀족과 함께 떠났지요. 이 모습을 본 아버지는 무척 화가 났어요. 아버지는 이튿날 새벽이 되자마자, 샘에서 목욕하며 소원을 빌었어요.

"내 아내를 꼬리가 긴 원숭이로 변하게 해 주세요."

다음 날 아침, 잠에서 깨어난 귀족은 원숭이 한 마리가 옆에 누워 있는 것을 보고 깜짝 놀랐어요. 귀족은 원숭이로 변한 어머니를 밖으로 내쫓았지요. 어머니는 달리고 또 달려서 식구들이 있는 사막에 도착했어요.

그날 밤, 세 식구는 아무 말 없이 모래 언덕 위에 앉아서 동이 트기를 기다렸어요. 다음 날이 되자, 아들은 샘에서 목욕하며 어머니를 원래 모습대로 돌아가게 해 달라고 소원을 빌었어요. 어머니는 처음 모습으로 돌아왔고, 결국 세 식구는 운명을 바꿀 수 없었답니다.

*남루하다: 옷 따위가 낡아 해지고 차림새가 너저분하다.

질문! 꼬리 달기

🔍 이야기를 읽고, 다음 질문의 답이 있는 문장을 찾아 밑줄을 그어 보세요.

1 어머니는 샘에서 목욕을 하며 어떤 소원을 빌었나요?
2 아버지와 아들은 샘에서 목욕을 하며 각각 무슨 소원을 빌었나요?
3 각자 소원을 빈 세 식구는 결국 어떻게 되었나요?

✏️ 활용법

이야기의 핵심 내용을 이해할 수 있도록 3개의 질문을 뽑았습니다. 질문의 답이 있는 문장을 찾고, 밑줄을 그으면서 이야기의 내용을 한 번 더 떠올려 보세요. 해당 문장에 밑줄을 그을 때, 이야기를 소리 내어 읽으면 더욱 도움이 됩니다. 질문 속에 답을 찾을 수 있는 힌트가 들어 있으니 질문도 주의 깊게 읽어 보세요. 질문의 답은 이야기 길잡이에 표시해 두었습니다.

둘　생각! 꼬리 물기

이야기를 읽고 내용을 확실하게 이해했다면, 이제 더욱 깊이 생각할 차례입니다. 이야기의 주제가 담긴 질문을 읽고, 꼬리 물듯 그에 대한 다양한 의견을 살펴봅니다. 토의 방식으로 꾸민 대화로 자신의 생각을 어떻게 표현하면 되는지 자연스럽게 배울 수 있어요. 자신의 주장을 펼치고 주장을 밑받침하는 근거를 내세우는 글을 읽으며 나의 의견과 생각도 정리해 보세요. 그럼 저절로 논리정연한 글을 쓸 수 있을 거예요.

✏️ 활용법

질문에 대한 세 가지 또는 네 가지 의견의 이유가 말풍선에 색으로 구분돼 있습니다. 어떤 입장이 나의 생각과 일치하는지 확인하며 대화를 읽어 보세요. 다 읽은 뒤에는 자신의 생각과 일치하는 답에 동그라미를 친 다음, 말풍선 안에 굵게 표시된 같은 색 문장을 다시 읽으면 자신의 주장을 펼치는 글을 쓰는 데 도움이 됩니다.

셋　글쓰기! 꼬리 잡기

자신의 생각이 정리되었으면 본격적으로 글을 써 봅니다. 꼬리 잡듯 3개의 질문에 대한 답을 하다 보면 어느새 한 편의 글이 완성될 거예요. 첫 번째 질문에는 이야기의 핵심 내용에 대한 답을, 두 번째 질문에는 이야기에 대한 자신의 의견을, 마지막 세 번째 질문에는 자신만의 상상력을 담아 문장을 써 보세요. 답변한 문장을 그대로 한 번 더 따라 쓰면 나만의 멋진 글이 완성됩니다.

✏️ 활용법

1️⃣ 핵심 내용 쓰기

이야기를 읽고 자신이 이해한 내용을 써 보세요.

2️⃣ 자기 의견 쓰기

자신의 생각과 같은 답에 동그라미 치고, 그 이유를 써 보세요. 글자 색과 같은 색 말풍선에 담긴 대화에 힌트가 있으니 그 문장을 비슷하게 따라 써도 좋습니다.

3️⃣ 상상해서 쓰기

만약 자신이 이야기의 주인공이라면 어떻게 할지 상상하며 문장을 만들어 보세요.

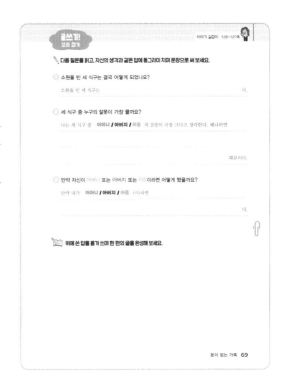

📖 한 편의 글 완성하기

①~③까지 답으로 쓴 문장을 연결해 옮겨 쓰며 한 편의 글을 완성해 보세요.

1

논리

어떻게 바르고 올바른 판단을 할 수 있을까요?

차근차근 계획을 세워 글을 써 봐요!

비둘기의 치료비는 누가 물어야 할까요

어느 무더운 여름날이었어요. 비둘기 한 마리가 뜨거운 햇볕이 내리쬐는 하늘을 훨 훨 날아다녔지요. 한참을 날던 비둘기는 목이 몹시 말랐어요.

"아, 목말라. 어디 시원한 물이 없을까?"

비둘기는 물을 찾아 주변을 두리번거렸어요. 마침 저 멀리 음료수 가게 간판이 보였 어요.

"우아, 물이다!"

비둘기는 너무나 목이 말랐던 나머지 간판에 그려진 컵 속의 물을 진짜 물이라고 착 각했어요.

"저 물을 마시면 정말 시원하겠다!"

비둘기는 반가운 마음에 있는 힘껏 간판을 향해 날아갔지요.

"쾅!"

비둘기는 그만 간판에 부딪혀서 날개가 부러지고 말았답니다.

질문!
꼬리 달기

🔍 **이야기를 읽고, 다음 질문의 답이 있는 문장을 찾아 밑줄을 그어 보세요.**

1 무더운 여름날, 하늘을 훨훨 날아다니던 비둘기는 어떠했나요?

2 물을 찾던 비둘기는 주변에서 무엇을 보았나요?

3 비둘기가 있는 힘껏 간판을 향해 날아간 이유는 무엇인가요?

✏ 다음 친구들의 생각을 살펴보고, 자신의 생각을 정리해 동그라미 쳐 보세요.

목이 마른 비둘기는 마실 물을 찾다가 음료수 가게의 간판에 부딪혔기 때문에 날개가 부러졌어. 그러니까 당연히 음료수 가게 주인이 비둘기의 치료비를 물어 줘야 해.

음료수 가게 주인은 자기가 파는 물건을 간판에 그려 알리려고 했을 뿐이야. 비둘기가 간판에 그려진 그림을 진짜라고 착각해서 간판에 부딪혔으니까 비둘기 스스로 물어야 해.

비둘기의 치료비는 누가 물어야 할까요?

음료수 가게 주인   비둘기

간판 그림이 진짜 같아 보였으니 비둘기가 착각한 거지. 아마 비둘기 말고도 많은 새가 간판에 부딪혀서 다치거나 죽었을지 몰라. 그런데 간판의 그림을 고치지 않고 그대로 두다니, 음료수 가게 주인의 잘못이 커.

어떤 일을 할 때는 한 번 더 확인하고 신중하게 행동해야 해. 만약 비둘기가 서두르지 않고 음료수 가게 간판을 제대로 보았더라면 진짜 물이 아니라는 것을 알았을 거야. 그러니까 비둘기가 물어야 하는 게 맞아.

글쓰기!
꼬리 잡기

✏️ **다음 질문을 읽고, 자신의 생각과 같은 답에 동그라미 치며 문장으로 써 보세요.**

1 비둘기는 왜 간판에 부딪혔나요?

비둘기는 _____ 다.

---

2 날개가 부러진 비둘기의 치료비는 누가 물어야 할까요?

나는 날개가 부러진 비둘기의 치료비는 **음료수 가게 주인 / 비둘기** 이/가 물어야 한다고 생각

한다. 왜냐하면 _____

_____ 때문이다.

---

3 만약 자신이 음료수 가게 주인 또는 비둘기라면 어떻게 했을까요?

만약 내가 **음료수 가게 주인 / 비둘기** (이)라면 _____

_____ 다.

 위에 쓴 답을 옮겨 쓰며 한 편의 글을 완성해 보세요.

왕은 정말 공평한가요

어느 날, 왕이 왕실에서 관리하는 포도 농장을 찾았어요. 포도 농장과 그곳에서 일하는 사람들이 어떠한지 두루 살펴보기 위해서였지요. 포도 농장에는 많은 사람들이 일하고 있었어요. 그중 유난히 눈에 띄는 한 남자가 있었지요. 그 남자는 다른 일꾼들보다 일하는 능력이 뛰어났어요. 왕은 그 남자를 불러 포도 농장 주변을 거닐며 이런저런 이야기를 나누었어요.

어느덧 해가 저물고, 일하는 사람들은 하루치 품삯을 받기 위해 한자리에 모였어요. 포도 농장 일꾼들은 모두 같은 품삯을 받았지요. 왕과 산책한 남자도 마찬가지였어요. 이 사실을 안 일꾼들은 화를 내며 왕에게 따지듯 물었어요.

"오늘 저 남자는 고작 두 시간밖에 일하지 않
았습니다. 나머지 시간은 폐하와 함께 산책했지요.
그런데 어찌하여 온종일 일한 우리들과 같은 품삯을
받는 것입니까?"

그러자 왕이 대답했어요.

"이 남자는 너희들이 하루 종일 한 일을 두 시간 만에 해냈다. 아니, 오히려 더 많은
일을 했더구나. 그러니 이 남자는 너희들과 같은 품삯을 받을 만하다."

질문!
꼬리 달기

🔍 **이야기를 읽고, 다음 질문의 답이 있는 문장을 찾아 밑줄을 그어 보세요.**

❶ 포도 농장을 찾은 왕은 능력이 뛰어난 남자를 불러 무엇을 했나요?
❷ 모두 같은 품삯을 받은 일꾼들은 화를 내며 왕에게 뭐라고 했나요?
❸ 일꾼들이 따지듯 묻자 왕은 어떻게 대답했나요?

✏️ 다음 친구들의 생각을 살펴보고, 자신의 생각을 정리해 동그라미 쳐 보세요.

포도 농장 일꾼들은 정해진 시간 동안 일을 하면 하루치 품삯을 받기로 약속했을 거야. 그런데 왕과 산책한 남자는 정해진 시간을 채우지 않았고, 고작 두 시간만 일했는데 품삯을 같게 주는 것은 공평하지 않아.

왕과 산책한 남자는 두 시간만 일하고도 뛰어난 능력으로 다른 일꾼보다 더 많은 일을 했으므로 왕은 일꾼들과 같은 품삯을 준 거야. 같은 시간에 더 많이 일을 했다면 일한 만큼의 품삯을 더 주는 게 공평하지.

왕은 정말 공평한가요?

공평하지 않다   공평하다

모든 사람의 능력이 전부 똑같지 않으니 일하는 양도 서로 다를 수밖에 없어. 능력에 따라 품삯을 다르게 받는 것이 공평하다면 처음부터 포도 농장 일꾼들의 능력을 각각 평가해서 품삯을 주었어야지. 왕은 공평하지 않아.

처음에 그렇게 정하지 않았더라도 이번 기회에 일꾼들은 뛰어난 능력을 발휘하면 그에 맞는 대가를 받는 것을 알게 됐어. 그러니 왕은 포도 농장 일꾼들에게 공평하게 자기의 능력을 발휘할 수 있도록 해 준 거야.

✏️ **다음 질문을 읽고, 자신의 생각과 같은 답에 동그라미 치며 문장으로 써 보세요.**

1 왕은 왜 능력이 뛰어난 남자와 농장 일꾼들의 품삯을 같게 주었나요?

능력이 뛰어난 남자는 ＿＿＿＿＿＿＿＿＿＿＿＿＿＿＿＿＿＿＿＿＿＿＿＿ 다.

2 모든 일꾼들에게 같은 품삯을 준 왕은 정말 공평한가요?

나는 왕이 **공평하지 않다 / 공평하다** 고 생각한다. 왜냐하면 ＿＿＿＿＿＿＿

＿＿＿＿＿＿＿＿＿＿＿＿＿＿＿＿＿＿＿＿＿＿＿＿＿＿＿＿＿＿＿＿＿＿＿＿＿

＿＿＿＿＿＿＿＿＿＿＿＿＿＿＿＿＿＿＿＿＿＿＿＿＿＿＿＿＿＿ 때문이다.

3 만약 자신이 왕이라면 어떻게 했을까요?

만약 내가 왕이라면 ＿＿＿＿＿＿＿＿＿＿＿＿＿＿＿＿＿＿＿＿＿＿＿＿＿＿＿

＿＿＿＿＿＿＿＿＿＿＿＿＿＿＿＿＿＿＿＿＿＿＿＿＿＿＿＿＿＿＿＿＿＿ 다.

 위에 쓴 답을 옮겨 쓰며 한 편의 글을 완성해 보세요.

겉모습은 정말 중요할까요

얼굴은 못생겼지만 현명하다고 소문난 랍비가 있었어요. 어느 날, 공주가 이 랍비를 만났어요. 공주는 랍비를 보고 놀리듯이 말했지요.

"이렇게 보잘것없는 얼굴에 어떻게 현명한 지혜가 담겨 있지요?"

랍비는 잠시 공주를 바라보다가 이렇게 물었어요.

"공주님, 궁궐에는 어떤 포도주가 있습니까?"

"당연히 품질 좋고 값비싼 포도주가 많지요."

"공주님, 그렇게 귀한 포도주는 어떤 그릇에 담습니까?"

"포도주는 흙으로 빚은 항아리나 술병 같은 데에 담지요."

"그렇다면 실망인데요. 공주님같이 품위 있고 아름다운 분이 어찌 그런 싸구려 그릇을 씁니까? 왕실에는 금은으로 된 값비싼 그릇도 많을 텐데요."

공주는 랍비 말이 그럴싸하여 궁궐로 돌아가 모든 포도주를 금은 그릇에 옮겨 담도록 명령했어요.

그날 저녁, 황제는 포도주를 마시더니 대뜸 화를 냈어요.

"누가 이 귀한 포도주를 이토록 형편없는 맛으로 만들었느냐? 포도주를 금으로 된 병에 담아 오다니!"

공주는 당황하며 대답했어요.

"값비싼 포도주는 귀한 그릇에 담아 두는 게 좋을 것 같아서 제가 궁궐의 포도주를 모두 금은 그릇에 옮기라고 했습니다."

"허허, 쓸데없는 짓을……. 포도주는 흙으로 빚은 항아리에 담아야 하거늘!"

황제에게 꾸중을 들은 공주는 당장 랍비를 찾아갔어요.

"당신은 어째서 나에게 엉터리 같은 일을 하라고 했습니까? 폐하께서 크게 화가 나셨습니다."

공주 말을 들은 랍비가 대답했어요.

"저는 다만 공주님께 아주 값지고 귀한 것이라 해도 보잘것없는 그릇에 두는 것이 더 좋을 수 있다는 사실을 알려 드리고 싶었을 뿐입니다."

질문! 꼬리 달기

🔍 **이야기를 읽고, 다음 질문의 답이 있는 문장을 찾아 밑줄을 그어 보세요.**

❶ 공주는 처음 만난 랍비에게 놀리듯이 뭐라고 말했나요?

❷ 공주는 랍비에게 어떤 말을 듣고 모든 포도주를 금은 그릇에 옮겨 담도록 했나요?

❸ 랍비는 꾸중을 듣고 찾아온 공주에게 무슨 말을 했나요?

✎ 다음 친구들의 생각을 살펴보고, 자신의 생각을 정리해 동그라미 쳐 보세요.

> 사람을 처음 만날 때에는 가장 먼저 겉모습부터 보게 돼. 그러니 당연히 겉모습을 따질 수밖에 없지. 짧은 시간 안에 좋은 이미지를 주기 위해서는 겉모습을 가꿔야 해.

> 처음에는 겉모습을 보고 호감을 얻을 수도 있겠지만, 시간이 흐르면 결국 착한 마음과 지혜가 더 중요하다는 것을 알게 돼. 그러니 겉모습보다 마음과 지혜를 가꾸는 것이 더 중요해.

겉모습은 정말 중요할까요?

중요하다   중요하지 않다

> 만약 두 사람이 똑같이 착하고 지혜롭다면 대부분은 둘 중 겉모습이 더 나은 사람을 좋아할 거야. 그러니 마음과 지혜도 중요하지만, 그것을 담는 그릇인 겉모습이 중요하다고 생각해.

> 겉모습은 태어날 때부터 정해지는 거라 자기가 노력해서 바꿀 수 없는 부분이야. 따라서 겉모습으로 사람을 평가하면 안 된다고 생각해. 지나치게 겉모습을 중요하게 여기는 것은 옳지 않아.

글쓰기! 꼬리 잡기

✏️ **다음 질문을 읽고, 자신의 생각과 같은 답에 동그라미 치며 문장으로 써 보세요.**

1 랍비는 공주에게 무엇을 알려 주고 싶었나요?

랍비는 _____ 다.

2 겉모습은 정말 중요할까요?

나는 겉모습이 **중요하다 / 중요하지 않다** 고 생각한다. 왜냐하면 _____

_____

_____ 때문이다.

3 만약 자신이 공주라면 어떻게 했을까요?

만약 내가 공주라면 _____

_____ 다.

📖 **위에 쓴 답을 옮겨 쓰며 한 편의 글을 완성해 보세요.**

새는 정말 잘못했을까요

온 세상 *만물을 창조한 신은 수많은 짐승과 새도 만들었지요. 신이 처음 만든 새는 날개가 없었어요. 새는 그런 자기 모습에 불만이 많았어요. 다른 짐승들과 비교해서 자신을 스스로 지킬 수 있는 무기가 없다고 생각했기 때문이지요. 새는 단단히 마음먹고 신을 찾아갔어요.

"신이시여, 제 딱한 사정을 들어 주십시오. 뱀은 무서운 독을, 사자는 우렁찬 목소리와 날카로운 이빨을, 말은 뒷발을 갖고 있어 자기 자신을 보호하고 다른 짐승들을 공격할 수 있습니다. 하지만 저는 아무것도 가진 게 없어요. 제게도 스스로를 지킬 무기를 주십시오."

신은 새의 말이 일리가 있다고 생각했어요. 그리하여 신은 새에게 날개를 주었지요.

그러나 며칠 뒤, 새는 다시 신을 찾아와 울먹이며 하소연했어요.

"신이시여, 제게 이처럼 쓸모없는 날개를 주신 까닭이 무엇입니까? 등에 짊어진 무거운 날개 때문에 저를 공격하는 동물들로부터 빨리 도망칠 수가 없습니다."

신은 침착하게 대답했어요.

"참으로 어리석구나. 너는 내가 왜 날개를 주었는지 아느냐? 가만 보니 너는 내가 준 날개를 사용해 볼 생각이 전혀 없었구나. 내가 날개를 준 까닭은 무겁게 짊어지고 다니라는 것이 아니다. 날개를 활짝 펴고 하늘 높이 자유롭게 날아오르라고 준 것이다."

*만물: 세상에 있는 모든 것.

질문! 꼬리 달기

🔍 **이야기를 읽고, 다음 질문의 답이 있는 문장을 찾아 밑줄을 그어 보세요.**

❶ 처음에 날개가 없던 새는 왜 신을 찾아갔나요?

❷ 새는 다시 신을 찾아와 왜 날개가 쓸모없다고 하소연했나요?

❸ 신이 새에게 어리석다고 말한 이유는 무엇인가요?

✏️ 다음 친구들의 생각을 살펴보고, 자신의 생각을 정리해 동그라미 쳐 보세요.

새는 다른 짐승들이 가진 것을 부러워만 하고 자기는 어떤 장점이 있는지 생각해 보지 않았어. 꼭 날개가 아니더라도 긴 부리처럼 이미 스스로를 지킬 수 있는 무기를 갖고 있었을지도 몰라. 그러므로 새가 잘못했어.

새는 자기가 무엇이 부족한지 잘 알고 있었어. 다른 짐승들에 비해 자기가 가진 게 없다고 판단했기 때문에 신을 찾아가 도움을 구한 거지. 새는 다른 동물들의 장점을 잘 파악하고, 신을 찾아가는 용기까지 지녔어.

새는 정말 잘못했을까요❓

잘못했다   잘못하지 않았다

새는 왜 신이 준 날개를 사용해 보지 않을까? 날개를 받았으면 자신에게 어떤 도움이 되는지 이런저런 시도를 해 봐야 하는데 새는 아무것도 하지 않았어. 그래놓고는 날개가 쓸모없다며 불평만 늘어놓았으니 새가 잘못한 거야.

날개를 처음 받았는데, 날개가 하늘을 날아오르게 할 수 있다는 걸 알 수는 없겠지. 신이 날개 사용법을 미리 알려 줬더라면 아마 새는 최선을 다해 연습했을 거야. 잘못한 것은 새가 아니라 신이라고 생각해.

글쓰기! 꼬리 잡기

✏️ **다음 질문을 읽고, 자신의 생각과 같은 답에 동그라미 치며 문장으로 써 보세요.**

1 신이 새에게 날개를 준 까닭은 무엇인가요?

신은   다.

2 날개 사용법을 모르는 새는 정말 잘못했을까요?

나는 날개 사용법을 모르는 새가   **잘못했다 / 잘못하지 않았다**   고 생각한다. 왜냐하면

                                                 때문이다.

3 만약 자신이 새 또는 신이라면 어떻게 했을까요?

만약 내가   **새 / 신**   (이)라면

                                                 다.

 위에 쓴 답을 옮겨 쓰며 한 편의 글을 완성해 보세요.

왕이 된 노예

노예에게
배울 점은 무엇인가요

지혜롭고 성실한 노예가 있었어요. 노예는 주인에게 그동안 한 일을 인정받아 자유의 몸이 되었지요. 노예는 새로운 삶을 살기 위해 먼 곳으로 떠나는 배를 탔어요. 배가 바다 한가운데를 지날 때쯤이었어요. 갑자기 폭풍우가 몰아쳐 배가 뒤집히고 말았어요. 바다에 빠진 노예는 가까스로 헤엄쳐 어느 작은 섬에 다다랐어요. 그런데 섬나라 사람들은 기다렸다는 듯 노예를 반갑게 맞이했습니다.

"임금님, 만세! 임금님, 만만세!"

노예는 얼떨결에 섬나라 왕이 되어 *융숭한 대접을 받았어요. 며칠 뒤, 노예는 한 신하에게 어찌하여 자기가 이 섬나라 왕이 되었는지를 물었지요. 그러자 신하가 대답했습니다.

"우리 섬나라는 바다에서 떠밀려 온 사람을 1년 동안만 왕으로 모십니다.
1년이 지난 뒤에는 저 멀리에 있는 무인도로 떠나보내지요."

노예는 무인도로 떠나보낸다는 말에 깜짝 놀랐어요.

　노예는 1년 뒤 어떻게 살아야 할지 궁리하다가 무인도를 미리 가꾸기로 했어요. 왕으로 있는 동안 섬나라 일꾼들을 무인도에 데리고 가 우물을 파고, 집을 짓고, 과일나무도 심었지요. 무인도는 점차 풍요롭게 바뀌었습니다.

　1년 뒤 노예는 예정대로 무인도로 보내졌어요. 무인도는 꽃과 나무들이 무성한 낙원과도 같았지요. 이 소식을 들은 사람들은 노예가 있는 무인도에 점차 모여들었고, 노예와 섬에 찾아온 사람들 모두 행복하게 살았답니다.

***융숭하다**: 상대를 대하는 태도가 정중하고 정성을 다하다.

질문! 꼬리 달기

🔍 **이야기를 읽고, 다음 질문의 답이 있는 문장을 찾아 밑줄을 그어 보세요.**

❶ 노예가 다다른 섬나라는 누구를 왕으로 모시며, 1년이 지나면 어떻게 하나요?

❷ 1년이 지난 뒤에 무인도로 떠나보낸다는 것을 알게 된 노예는 어떤 생각을 했나요?

❸ 1년 뒤 노예가 보내진 무인도는 어떠했나요?

생각! 꼬리 물기

다음 친구들의 생각을 살펴보고, 자신의 생각을 정리해 동그라미 쳐 보세요.

노예는 섬나라 왕이 되었는데도 지혜롭고 성실하게 자신의 앞날을 위해 준비했어. 1년 뒤 가야 할 무인도를 미리 가꾸기로 생각했잖아. 노예에게 앞날을 준비하는 계획성을 배울 수 있어.

노예는 평상시에도 지혜롭고 성실했어. 그러니 주인에게 인정받아 자유의 몸이 되었지. 또 노예는 자만하지 않았어. 섬나라 왕이 되었는데도 직접 섬을 가꾸었잖아.

노예에게 배울 점은 무엇인가요?

앞날을 준비하는 계획성
자만하지 않고 겸손한 태도

1년 뒤에 무인도로 보내질 처지인 노예는 절망하지 않고 섬나라 일꾼들을 데리고 가서 무인도를 가꾼 거야. 노예가 무인도에서 행복하게 살 수 있었던 것은 앞으로의 일을 예상한 뒤 시간을 허비하지 않고 계획한 덕분이지.

노예가 겸손하지 않았다면 섬나라 일꾼들이 무인도까지 가서 일손을 도왔을까? 노예는 왕이 된 뒤에도 겸손하고 성실하게 행동했기 때문에 섬나라 일꾼들과 무인도를 가꾸고 그곳에서도 행복하게 살 수 있었던 거야.

글쓰기! 꼬리 잡기

✎ **다음 질문을 읽고, 자신의 생각과 같은 답에 동그라미 치며 문장으로 써 보세요.**

1 노예는 1년 뒤 섬나라로 보내질 것을 대비해 어떻게 했나요?

노예는 _____ 다.
----

2 노예에게 배울 점은 무엇인가요?

나는 노예에게 **앞날을 준비하는 계획성 / 자만하지 않고 겸손한 태도** 을/를 배워야 한다고 생

각한다. 왜냐하면

_____ 때문이다.
----

3 만약 자신이 노예라면 앞으로 어떻게 살 것 같나요?

만약 내가 노예라면

_____ 다.

 위에 쓴 답을 옮겨 쓰며 한 편의 글을 완성해 보세요.

2

도덕

더불어 살려면
무엇을 지켜야 할까요?

차근차근 계획을 세워 글을 써 봐요!

누구를 위해
등불을 들었을까요

  캄캄한 밤에 한 남자가 거리를 걸었어요. 그런데 저 멀리서 비추던 불빛이 움직여 남자를 향해 점점 다가오는 게 아니겠어요? 알고 보니 앞 못 보는 사람이 등불을 들고 걸어오는 것이었어요. 남자는 문득 생각했습니다.

  '앞을 못 보는 사람인데 왜 등불을 들었을까?'

  남자는 궁금한 나머지 앞 못 보는 사람에게 물었어요.

  "당신은 등불을 들어도 앞이 보이지 않을 텐데, 왜 등불을 들고 다닙니까?"

  그러자 앞 못 보는 사람이 이렇게 대답했어요.

  "내가 등불을 들고 길을 가면 눈 뜬 사람들이 나를 알아볼 테니까요."

질문!
꼬리 달기

🔍 이야기를 읽고, 다음 질문의 답이 있는 문장을 찾아 밑줄을 그어 보세요.

❶ 저 멀리서 비추던 불빛은 알고 보니 무엇이었나요?

❷ 남자는 궁금한 나머지 앞 못 보는 사람에게 뭐라고 물었나요?

❸ 남자의 물음에 앞 못 보는 사람은 뭐라고 대답했나요?

앞 못 보는 사람과 등불   **33**

다음 친구들의 생각을 살펴보고, 자신의 생각을 정리해 동그라미 쳐 보세요.

> 앞 못 보는 사람은 밤이든 낮이든 앞이 보이지 않으니까 등불을 들고 다닐 필요가 없어. 그러나 앞 못 보는 사람은 눈 뜬 사람들이 자신을 보지 못하고 부딪힐까 봐 배려하는 마음으로 등불을 든 거야.

> 하지만 앞 못 보는 사람이 든 등불은 길을 전부 밝히는 것이 아니라 그 사람의 앞만 밝히잖아. 그러니 앞 못 보는 사람은 자기 자신을 지키고 보호하기 위해 등불을 든 거야.

앞 못 보는 사람은 누구를 위해 등불을 들었을까요?

눈 뜬 사람들   자기 자신

> 캄캄한 거리를 걸을 때, 앞 못 보는 사람은 눈 뜬 사람들과 부딪힌 적이 많았을 거야. 자기 때문에 눈 뜬 사람들이 넘어지거나 다치니까 미안하기도 했겠지. 앞 못 보는 사람은 눈을 뜬 사람들을 위해 등불을 든 거야.

> 내 생각에도 캄캄한 밤에 앞 못 보는 사람이 다른 사람들과 부딪히는 일이 많았을 것 같아. 하지만 길 가는 사람들이 주의하지 않으면 앞 못 보는 사람을 제대로 보지 못할 테니 자기 자신을 보호하기 위해 등불을 든 거야.

✏️ **다음 질문을 읽고, 자신의 생각과 같은 답에 동그라미 치며 문장으로 써 보세요.**

1 앞 못 보는 사람이 등불을 들고 다니는 이유는 무엇인가요?

앞 못 보는 사람은 　　　　　　　　　　　　　　　　　　　　　다.

2 앞 못 보는 사람은 누구를 위해 등불을 들었을까요?

나는 앞 못 보는 사람이 　**눈 뜬 사람들 / 자기 자신**　을 위해 등불을 들었다고 생각한다.

왜냐하면

　　　　　　　　　　　　　　　　　　　　　　　　　때문이다.

3 만약 자신이 앞 못 보는 사람이라면 어떻게 했을까요?

만약 내가 앞 못 보는 사람이라면

　　　　　　　　　　　　　　　　　　　　　　　　　다.

 위에 쓴 답을 옮겨 쓰며 한 편의 글을 완성해 보세요.

학은 큰 상을 받을 수 있을까요

어느 날, 사자 목구멍에 가시가 걸렸어요. 몹시 고통스러워하던 사자는 자기 목구멍에 있는 가시를 꺼내는 자에게 큰 상을 주겠다고 말했어요.

학 한 마리가 그 소식을 듣고 날아왔습니다. 그리고 사자에게 입을 크게 벌리면 가시를 빼 주겠다고 말했어요. 사자는 입을 크게 벌렸고, 학은 사자 입속에 머리를 들이밀었지요. 학은 긴 부리를 이용해 사자 목에 걸린 가시를 쉽게 빼냈습니다. 학은 깐족거리며 들뜬 목소리로 사자에게 물었어요.

"사자님! 내게 어떤 상을 주겠습니까?"

그러자 사자는 버럭 화를 내며 학에게 말했어요.

"내가 동물의 왕이라는 사실을 잊었느냐? 감히 내 입안에 네 머리를 넣다니. 나는 너를 한입에 삼킬 수도 있었다. 그런데도 너는 이렇게 살아남지 않았느냐. 이렇게 위험한 지경에서 목숨을 건졌다는 것이야말로 내가 네게 주는 큰 상이며, 앞으로 네게 큰 자랑이 될 것이다."

🔍 이야기를 읽고, 다음 질문의 답이 있는 문장을 찾아 밑줄을 그어 보세요.

❶ 사자는 자기 목구멍에 있는 가시를 꺼내는 자에게 어떻게 하겠다고 했나요?

❷ 학은 사자 목에 걸린 가시를 어떻게 빼냈나요?

❸ 사자는 학에게 화를 내며 무슨 큰 상을 주었다고 말했나요?

생각!
꼬리 물기

✏️ **다음 친구들의 생각을 살펴보고, 자신의 생각을 정리해 동그라미 쳐 보세요.**

사자는 학에게 큰 상을 줘야 해. 자기 목에 걸린 가시를 빼면 큰 상을 주겠다고 말했으면서 막상 학이 가시를 빼고 나니 마음을 바꾸었잖아. 어떤 이유에서든 자기가 한 약속은 꼭 지켜야지.

학은 큰 상을 받으려고 가시를 뺐을 뿐 사자를 진심으로 걱정하지 않았어. 만약 학이 사자를 걱정했다면 가시를 뽑은 뒤 사자에게 큰 상을 주겠냐고 물을 게 아니라 괜찮은지부터 물었어야지.

학은 큰 상을 받을 수 있을까요❓

있다   없다

비록 학의 말투가 거슬렸다고 해도 자기 목에 걸린 가시를 빼 주었으니 사자는 학에게 고마워하며 큰 상을 주어야지. 고마워하기는커녕 학에게 화를 낸 사자는 용서를 구해야 해.

가시를 뽑기 전, 학이 사자에게 무슨 큰 상을 줄 것인지 미리 물어보았더라면 아마 사자도 학이 원하는 상을 주었을지도 몰라. 대가만 바라고 깐족거리며 말한 학은 큰 상을 받을 수 없어.

글쓰기!
꼬리 잡기

 다음 질문을 읽고, 자신의 생각과 같은 답에 동그라미 치며 문장으로 써 보세요.

① 사자는 자기 목에 있는 가시를 뽑은 학에게 무슨 큰 상을 주었나요?

사자는   다.

② 학은 사자에게 큰 상을 받을 수 있을까요?

나는 학이 사자에게 큰 상을 받을 수   **있다 / 없다**   고 생각한다. 왜냐하면

때문이다.

③ 만약 자신이 사자 또는 학이라면 어떻게 했을까요?

만약 내가   **사자 / 학**   (이)라면

다.

위에 쓴 답을 옮겨 쓰며 한 편의 글을 완성해 보세요.

누가 더 잘못했을까요

많은 사람들을 태운 배가 항구를 떠나 바다 한가운데로 향했어요. 배에 탄 사람들은 서로 처음 만난 데다 하는 일도 모두 달랐지만 같은 배에 탄 만큼 서로 이야기를 나누며 금새 친해졌어요. 그러던 중 어디선가 이상한 소리가 들려왔어요. 사람들이 소리 나는 곳을 찾아가 보니 한 사나이가 배 바닥을 *끌로 긁으며 구멍을 내고 있는 게 아니겠어요?

"아니, 지금 뭐 하는 거요? 나무로 된 배의 바닥을 긁고 있다니! 우리 모두를 죽일 셈이오?"

사람들은 깜짝 놀라 사나이를 향해 아우성을 쳤어요. 하지만 그는 태연하게 말했지요.

"여기는 내 자리니 내가 무슨 짓을 하든 상관없지 않소?"

사람들이 사나이를 말렸지만 소용없었지요. 그는 배 바닥을 계속 긁어내며 구멍을 뚫었어요. 시간이 흐를수록 구멍이 점점 커지더니 구멍 사이로 바닷물이 새어 들어오기 시작했어요. 곧 배 바닥부터 물이 차올랐고, 얼마 지나지 않아 배는 사람들과 함께 바닷속으로 가라앉아 버렸답니다.

*끌: 망치로 한쪽 끝을 때려서 나무에 구멍을 뚫거나 겉면을 깎고 다듬는 데 쓰는 도구.

질문!
꼬리 달기

🔍 **이야기를 읽고, 다음 질문의 답이 있는 문장을 찾아 밑줄을 그어 보세요.**

❶ 사람들이 소리 나는 곳을 찾아가 보니 누가 무엇을 하고 있었나요?

❷ 배에 구멍을 낸 사나이는 사람들이 말리자 뭐라고 대답했나요?

❸ 구멍이 난 배는 어떻게 되었나요?

✏️ 다음 친구들의 생각을 살펴보고, 자신의 생각을 정리해 동그라미 쳐 보세요.

당연히 배에 구멍을 낸 사나이가 더 잘못했지. 모두 다 같이 타는 배인데 자기 마음대로 배 바닥을 긁어 구멍을 내는 바람에 다른 사람은 물론 자기 자신의 목숨까지 잃었잖아.

배에 탄 사람들의 잘못이 커. 배에 구멍을 내는 것은 위험하니 사나이를 적극적으로 말렸어야 하는데 그러지 않았잖아. 배에 탄 사람들은 여러 명인데 한 명뿐인 사나이를 말리지 못하다니.

사나이와 사람들 중 누가 더 잘못했을까요?

배에 구멍을 낸 사나이
배에 탄 사람들

사나이는 자기 자리에서 무슨 짓을 하든 상관하지 말라며 말도 안 되는 논리를 펼쳤어. 배를 타기 위해 낸 요금은 자리를 빌리는 값인데 사나이는 그 자리가 마치 자기 것처럼 우겼잖아.

배에 탄 사람들이 더욱더 그를 말렸어야 해. 승객들은 사나이의 주장이 틀렸는데도 제대로 반박하지 못했어. 배에 구멍을 뚫는 건 여러 사람이 위험해진다는 것을 제대로 알렸어야지.

✎ **다음 질문을 읽고, 자신의 생각과 같은 답에 동그라미 치며 문장으로 써 보세요.**

① 배는 왜 바닷속으로 가라앉아 버렸나요?

한 사나이가   다.
- -

② 배에 구멍을 낸 사나이와 배에 탄 사람들 중 누가 더 잘못했을까요?

나는   **배에 구멍을 낸 사나이 / 배에 탄 사람들**   가/이 더 잘못했다고 생각한다. 왜냐하면
- -

- -

때문이다.
- -

③ 만약 자신이 배에 구멍을 낸 사나이 또는 배에 탄 사람들이라면 어떻게 했을까요?

만약 내가   **배에 구멍을 낸 사나이 / 배에 탄 사람들**   (이)라면
- -

다.
- -

 위에 쓴 답을 옮겨 쓰며 한 편의 글을 완성해 보세요.

사람은 꼭 나누며 살아야 할까요

이스라엘의 요르단강 줄기를 따라가다 보면 큰 호수인 갈릴리 호수와 사해가 있어요. 갈릴리 호수는 '살아 있는 바다', 사해는 '죽은 바다'라고 불리지요.

어느 날, 랍비와 제자들이 이 근처를 지나갔어요. 제자들은 갈릴리 호수와 사해를 보고 의아해했지요. 두 호수가 같은 강물을 받아들이는데 경치는 정반대였기 때문이에요. 갈릴리 호수는 물이 맑고 깨끗해 물고기가 많이 살고, 주변에는 꽃과 나무가 가득해 여러 동물이 뛰놀고 있었어요. 반면 사해는 물이 몹시 짜서 동물이나 사람이 마실 수도, 물고기가 살 수도 없었습니다. 두 호수를 본 제자들은 랍비에게 물었어요.

"어째서 이런 차이가 나는 것입니까?"

랍비는 빙긋 웃으며 대답했어요.

"들어온 물을 계속 흘려보내는 호수는 물이 맑아서 물고기들이 모여들고, 주변 땅을 기름지게 하지. 하지만 죽은 호수는 물이 흘러드는 곳만 있을 뿐 물이 나가는 곳이 없다네. 물이 나가지 않고 계속 들어오기만 하니 소금기만 넘쳐 흐르고 물이 탁해지지. 사람도 마찬가지라네. 받을 줄만 알고 나눌 줄 모른다면 사해처럼 죽은 삶을 살게 될걸세."

질문! 꼬리 달기

🔍 **이야기를 읽고, 다음 질문의 답이 있는 문장을 찾아 밑줄을 그어 보세요.**

❶ 요르단강 줄기에 있는 큰 호수들의 이름은 무엇이며, 어떻게 불리나요?

❷ 같은 강물을 받아들이는 두 호수의 경치가 어떻게 달랐나요?

❸ 랍비는 사람을 사해를 빗대어 뭐라고 말했나요?

✏️ 다음 친구들의 생각을 살펴보고, 자신의 생각을 정리해 동그라미 쳐 보세요.

사람은 절대 혼자서 살 수 없어. 이 세상에 태어난 순간부터 부모의 도움을 받았고 죽을 때까지 다른 사람들의 도움을 받으며 살아가잖아. 그러므로 나도 남에게 도움을 주면서 살아야 된다고 생각해.

무턱대고 다른 사람에게 도움을 주려다 피해를 줄 때도 많아. 그럴 거라면 혼자서 사는 게 더 낫지. 도움이 절실하게 필요한 사람을 돕는 게 아니라면 굳이 나누면서 살 필요는 없어.

사람은 꼭 나누며 살아야 할까요?

꼭 나누며 살아야 한다
혼자서도 잘 살 수 있다

남을 도우면 언젠가 나도 도움을 받게 돼. 내가 남을 돕고, 나도 남의 도움을 받으면 마치 물이 계속 드나드는 갈릴리 호수처럼 우리가 사는 세상도 풍요로워질 거야.

다른 사람들에게 베푸는 것도 좋지만, 내가 잘 살아야 남들에게도 도움을 줄 수 있어. 내가 맡은 일과 역할만 잘 해내고 확실히 책임진다면 남에게 도움을 받을 것도, 남을 도울 필요도 없어.

글쓰기!
꼬리 잡기

✏️ **다음 질문을 읽고, 자신의 생각과 같은 답에 동그라미 치며 문장으로 써 보세요.**

1 갈릴리 호수와 사해는 같은 강물을 받아들이는데 왜 경치가 다를까요?

갈릴리 호수는 　　　　　　　　　　　　　　　　　　　　　　　 고,
_____

사해는 　　　　　　　　　　　　　　　　　　　　　　　　　　　 다.
_____

2 랍비의 말처럼 사람은 꼭 나누며 살아야 할까요?

나는 사람은 　**꼭 나누며 살아야 한다 / 혼자서도 잘 살 수 있다**　 고 생각한다. 왜냐하면
_____

　　　　　　　　　　　　　　　　　　　　　　　　　　　　 때문이다.
_____

3 갈릴리 호수 또는 사해 같은 삶 중 어떤 삶을 살고 싶나요?

나는 　**갈릴리 호수 / 사해**　 처럼 살고 싶다. 그 이유는
_____

　　　　　　　　　　　　　　　　　　　　　　　　　　　　　　 다.
_____

 위에 쓴 답을 옮겨 쓰며 한 편의 글을 완성해 보세요.

남자는 더 큰 보답을 해야 할까요

　어느 마을에 작은 보트를 가진 남자가 있었어요. 그는 해마다 봄부터 가을까지 근처 호수에서 가족과 보트를 타며 물놀이나 낚시를 즐겼지요.

　어느 해 가을이 끝날 무렵, 남자는 보트를 보관하기 위해 땅 위로 끌어올렸어요. 그런데 보트 밑바닥에 작은 구멍이 뚫려 있는 게 보였습니다. 어차피 겨울 동안은 보트를 타지 않기 때문에 남자는 대수롭지 않게 생각했지요. 며칠 뒤, 남자는 페인트공을 찾아가 색이 바랜 보트의 페인트칠을 부탁했어요.

　이듬해 봄이 왔어요. 유달리 햇볕이 따뜻한 어느 날, 남자의 두 아들은 호수에서 보트를 타게 해 달라고 졸랐어요. 남자는 허락해 주었습니다. 아이들이 호수로 간 지 두어 시간이 지났을 무렵, 문득 남자는 보트 밑바닥에 구멍이 뚫려 있다는 사실이 떠올랐어요. 남자는 소스라치게 놀라며 급히 호수로 달려갔지요. 그런데 때마침 두 아들이 보트를 끌고 돌아오는 게 아니겠어요?

　남자는 두 아들을 꼭 껴안고 감사의 기도를 올렸어요. 놀란 가슴을 가라앉히고 남자는 보트 구석구석을 샅샅이 살폈습니다. 아니나 다를까, 보트에 난 작은 구멍이 메워져 있었어요. 남자는 지난겨울 페인트칠을 부탁한 것이 생각났지요. 그 페인트공이 보트 구멍을 메웠을 거라고 짐작한 남자는 선물을 들고 페인트공을 찾아갔어요.

남자를 본 페인트공은 놀라며 물었어요.

"이미 페인트칠한 값은 받았는데 왜 이런 선물을 주나요?"

남자는 페인트공에게 진심으로 고마워하며 말했어요.

"지난해 우리 집 보트에 페인트칠을 하면서 보트에 난 작은 구멍을 수리해 주었지요? 당신은 페인트칠도 잘해 주었고, 부탁도 하지 않은 보트 구멍까지 말끔하게 손봐 주었습니다. 당신은 손쉽게 그 구멍을 막았겠지만, 당신의 선행 덕분에 오늘 두 아들이 목숨을 구했습니다."

*선행: 착하고 어진 행동.

질문!
꼬리 달기

🔍 **이야기를 읽고, 다음 질문의 답이 있는 문장을 찾아 밑줄을 그어 보세요.**

❶ 남자는 가을이 끝날 무렵, 보트 밑바닥에서 무엇을 보았나요?

❷ 남자는 왜 급히 두 아들이 있는 호수로 달려갔나요?

❸ 남자는 페인트공에게 진심으로 고마워하며 뭐라고 말했나요?

다음 친구들의 생각을 살펴보고, 자신의 생각을 정리해 동그라미 쳐 보세요.

보트에 난 구멍은 자칫 목숨을 잃을 수 있을 정도로 위험하지. 그런데 남자는 보트에 난 구멍을 대수롭지 않게 여겼고, 페인트공이 구멍을 수리해 준 덕분에 두 아들이 목숨을 구했잖아. 남자는 페인트공에게 크게 보답해야 해.

만약 보트에 구멍이 크게 났다면 남자는 보트를 보관하기 전에 바로 수리했을 거야. 또 남자는 부탁하지 않은 일을 해 준 페인트공에게 고마워하며 선물을 준비했잖아. 따라서 더 큰 보답을 할 필요는 없어.

남자는 페인트공에게 더 큰 보답을 해야 할까요

해야 한다   안 해도 된다

만약 페인트공이 보트에 난 구멍을 수리하지 않았더라면 남자의 두 아들은 목숨이 위험할 수 있었어. 페인트공이 미리 배를 수리해서 위험에 처할 뻔한 아이들을 구해 주었기 때문에 선물보다 더 큰 보답을 해야 마땅해.

페인트공은 시간을 내어 잠깐 구멍을 수리했을 뿐 대가를 바란 게 아니야. 오히려 큰 보답을 하면 페인트공의 마음이 불편할지도 몰라. 남자는 이미 보트 수리공에게 고맙다며 선물을 했으니 더 큰 보답은 안 해도 돼.

다음 질문을 읽고, 자신의 생각과 같은 답에 동그라미 치며 문장으로 써 보세요.

1 남자는 왜 페인트공에게 선물을 주었나요?

남자는 페인트공이 　　　　　　　　　　　　　　　　　　　　　다.
- -

2 남자는 보트의 작은 구멍을 막아 준 페인트공에게 더 큰 보답을 해야 할까요?

나는 남자가 페인트공에게 더 큰 보답을 **해야 한다 / 안 해도 된다** 고 생각한다. 왜냐하면
- -

- -

때문이다.
- -

3 만약 자신이 남자 또는 페인트공이라면 어떻게 했을까요?

만약 내가 **남자 / 페인트공** (이)라면
- -

다.
- -

 위에 쓴 답을 옮겨 쓰며 한 편의 글을 완성해 보세요.

3

행복

만족하는 삶을 위해서는
어떻게 살아야 할까요?

차근차근 계획을 세워 글을 써 봐요!

나무꾼은 정말 현명했을까요

어느 마을에 부지런한 나무꾼이 살았어요. 나무꾼은 산에서 나무를 베어다가 시장에 내다 팔며 돈을 벌었지요. 그런데 일을 끝내고 나면 나무꾼은 매번 녹초가 되었어요. 나무를 베는 산에서 시장까지 거리가 꽤 멀었기 때문이에요.

"혼자서 나무를 지고 나르니 힘이 드는 데다 시간도 많이 허비되는군. 더 많은 나무를 내다 팔려면 아무래도 당나귀가 있어야겠어."

이튿날, 나무꾼은 시장에서 당나귀 한 마리를 샀어요. 나무꾼은 기분 좋게 시냇가로 가서 당나귀를 정성스럽게 씻기기 시작했어요. 그때 당나귀 갈기에서 반짝이는 무언가가 떨어졌어요. 나무꾼은 떨어진 물건을 주워 자세히 살펴보았어요.

"아니, 이건 값비싼 다이아몬드잖아."

나무꾼은 곧장 당나귀를 판 상인을 찾아갔어요. 나무꾼은 당나귀 갈기에서 떨어진 다이아몬드를 상인에게 돌려주었지요. 그러자 상인이 깜짝 놀라며 물었습니다.

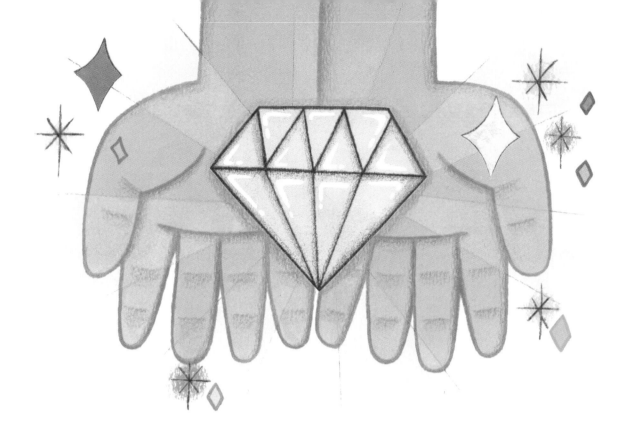

"당신은 이미 당나귀를 사 가지 않았소? 그러니 당나귀에서 나온 다이아몬드도 당신이 가지면 될 텐데 왜 굳이 돌려주는 거요?"

나무꾼은 망설임 없이 대답했어요.

"나는 당나귀를 샀지 다이아몬드를 사지는 않았습니다. 내가 산 것이 아니니 다이아몬드는 돌려주는 것이 마땅합니다."

질문!
꼬리 달기

🔍 **이야기를 읽고, 다음 질문의 답이 있는 문장을 찾아 밑줄을 그어 보세요.**

① 나무꾼이 시냇가에서 당나귀를 씻길 때 갈기에서 무엇이 떨어졌나요?

② 나무꾼은 왜 당나귀를 판 상인을 찾아갔나요?

③ 나무꾼이 상인에게 다이아몬드를 돌려주는 이유는 무엇인가요?

🖊 다음 친구들의 생각을 살펴보고, 자신의 생각을 정리해 동그라미 쳐 보세요.

나무꾼은 자신의 체력과 시간을 아끼고, 더 많은 나무를 내다 팔려고 당나귀를 샀어. 자기가 무엇이 필요한지 잘 알고 있는 데다 투자하는 능력이 뛰어나다고 할 수 있지. 그러니까 나무꾼은 지혜로워.

하지만 나무꾼이 당나귀 갈기에서 나온 다이아몬드를 상인에게 돌려준 것은 어리석어. 다이아몬드는 나무꾼이 산 당나귀에서 나왔으니 당연히 나무꾼 것인데 왜 상인에게 돌려주는지 모르겠어.

나무꾼은 정말 현명했을까요?

현명하다   어리석다

다이아몬드가 자기 것이 아니니 당연히 돌려줘야지. 자기가 노력해서 번 재산이 아니기 때문에 나무꾼은 다이아몬드를 갖지 않은 거야. 나중에 시장 사람들이 이 사실을 알면 정직하고 지혜로운 나무꾼에게 도움을 주지 않을까?

당나귀를 판 주인도 나무꾼이 다이아몬드를 돌려주니 깜짝 놀랐잖아. 굳이 돌려줄 필요는 없다면서 말이야. 나무꾼이 다이아몬드를 갖는 것이 도리에 어긋난 것은 아니므로 상인에게 돌려줄 필요는 없었어. 따라서 나무꾼은 어리석어.

✏️ **다음 질문을 읽고, 자신의 생각과 같은 답에 동그라미 치며 문장으로 써 보세요.**

1 나무꾼은 당나귀 갈기에서 떨어진 다이아몬드를 주워 어떻게 했나요?

나무꾼은 _____ 다.

----

2 상인에게 다이아몬드를 돌려준 나무꾼은 정말 현명했을까요?

나는 상인에게 다이아몬드를 돌려준 나무꾼이 **현명하다 / 어리석다** 고 생각한다. 왜냐하면

_____ 때문이다.

----

3 만약 자신이 나무꾼이라면 어떻게 했을까요?

만약 내가 나무꾼이라면

_____ 다.

 위에 쓴 답을 옮겨 쓰며 한 편의 글을 완성해 보세요.

여우는 진짜 어리석을까요

여우 한 마리가 포도밭을 지날 때였어요.

"우아, 정말 맛있는 냄새가 나네."

배고픈 여우는 주렁주렁 열린 포도를 보고 꼴깍 군침을 삼켰어요. 여우는 포도밭에 들어가고 싶었지만 포도밭이 높은 울타리로 둘러싸여 들어갈 수가 없었어요.

"어떻게 하면 포도밭에 들어갈 수 있을까?"

여우는 울타리를 살펴보다가 작은 구멍을 발견했어요.

"좋아, 저기로 들어가자."

하지만 구멍이 너무 작아 여우가 들어갈 수 없었어요. 여우는 포도밭 주위를 서성이며 곰곰이 생각에 잠겼지요.

'그래, 살을 빼야겠어.'

하루, 이틀, 사흘을 굶었더니 여우의 몸이 홀쭉해졌지요. 여우는 울타리에 난 구멍으로 포도밭에 쏙 들어갔습니다.

"야호! 이제 포도를 실컷 먹어 볼까?"

여우는 허겁지겁 포도를 먹었어요. 포도밭에서 마음껏 포도를 먹으며 행복하게 지냈지요. 여우의 홀쭉한 몸은 점점 살이 올라 통통해졌어요.

"끅, 배부르다! 포도는 실컷 먹었으니 이제 다른 곳으로 가 볼까?"

여우는 불룩하게 솟아오른 배를 두드리며 울타리에 난 구멍으로 뒤뚱뒤뚱 걸어갔어요. 그런데 처음 포도밭에 들어왔을 때보다 통통해진 여우는 밖으로 빠져나갈 수 없었어요.

"큰일이네. 이러다 포도밭 주인이라도 나타나면 어쩌지?"

뾰족한 수가 떠오르지 않자 여우는 하는 수 없이
다시 굶기로 했어요. 이번에도 사흘이나 굶은
여우는 처음처럼 홀쭉해지고 나서야 간신히
포도밭을 빠져나왔어요.

"포도밭에 들어갈 때나, 나올 때나 배가 고
프기는 마찬가지로군."

여우는 한숨을 쉬며 포도밭을 떠났습니다.

질문!
꼬리 달기

🔍 **이야기를 읽고, 다음 질문의 답이 있는 문장을 찾아 밑줄을 그어 보세요.**

① 여우는 어떻게 울타리에 난 작은 구멍으로 포도밭에 들어갔나요?

② 여우는 포도밭에서 무엇을 했나요? 몸은 어떻게 변했나요?

③ 통통하게 살이 오른 여우는 어떻게 포도밭을 빠져나왔나요?

✏️ **다음 친구들의 생각을 살펴보고, 자신의 생각을 정리해 동그라미 쳐 보세요.**

여우가 울타리로 둘러싸인 남의 포도밭에 들어가기 위해 며칠을 굶은 것은 어리석은 행동이야. 포도를 다 먹은 후에는 구멍으로 못 나올 수 있다는 생각을 미처 못했으니까 말이야.

여우는 배가 고파서 어쩔 수 없이 포도밭에 들어간 거야. 또 여우가 포도밭에 있었는데도 주인이 나타나지 않았으니 아마 버려진 포도밭일 가능성이 커. 그러니 여우를 어리석다고 할 수는 없어.

여우는 진짜 어리석을까요

어리석다　　　어리석지 않다

여우는 어리석어. 포도밭에 울타리가 있다는 것은 주인이 있으므로 들어가지 말라는 경고와 같아. 그런데 여우가 몰래 들어갔잖아. 또 포도를 적당히 먹어야 되는데, 욕심껏 배를 채우다 결국 다시 굶어야 하는 신세가 되었어.

여우는 포도밭에 들어가기 위해 배고픔을 꾹 참고 사흘이나 굶어서 포도를 실컷 먹었잖아. 만약 그렇지 않았더라면 포도 맛도 모르고 계속 굶었을지도 몰라. 자기가 하고 싶은 것이 있으면 끝까지 해 내는 여우는 어리석은 게 아니야.

다음 질문을 읽고, 자신의 생각과 같은 답에 동그라미 치며 문장으로 써 보세요.

1 포도밭에 들어가 살이 오른 여우는 밖으로 나가기 위해 어떻게 했나요?

포도밭에 들어가 살이 오른 여우는 _____ 다.

2 포도밭에 들어간 여우는 진짜 어리석을까요?

나는 포도밭에 들어간 여우가 **어리석다 / 어리석지 않다** 고 생각한다. 왜냐하면

_____

_____ 때문이다.

_____

3 만약 자신이 여우라면 어떻게 했을까요?

만약 내가 여우라면

_____

_____ 다.

 위에 쓴 답을 옮겨 쓰며 한 편의 글을 완성해 보세요.

뱀은 누구 때문에 죽게 되었을까요

뱀 꼬리는 뱀 머리보다 뒤에 붙어 있어서 항상 머리가 가는 대로 따라다닐 수밖에 없었어요. 그러던 어느 날, 꼬리가 머리한테 잔뜩 불만을 터트렸어요.

"왜 나는 네 꽁무니만 졸졸 쫓아 다녀야 하지? 너는 마음대로 나를 끌고 다닐 수 있지만, 나는 그럴 수 없어. 이건 정말 불공평한 일이야. 나도 분명 뱀의 한 부분인데 마치 노예처럼 너한테 끌려다녀야 한다니 말도 안 돼."

그러자 머리가 당연하다는 듯이 대꾸했어요.

"그게 무슨 말이야. 너는 앞을 볼 수 있는 눈도, 위험을 알아차릴 귀도, 행동을 결정할 두뇌도 없잖니. 나는 결코 나만을 위해 그런 게 아니라 너를 생각하며 움직이는 거라고. 잘 알겠니?"

머리의 말을 들은 꼬리가 크게 비웃으며 말했어요.

"*폭군이나 *독재자들도 자기를 따르는 자들을 위해 일한다면서 결국에는 자기 마음대로 하더라."

머리는 할 수 없다는 듯이 말했어요.

"정 그렇다면 네가 한번 내가 하는 일을 맡아서 해 볼래?"

그러자 꼬리가 매우 좋아하며 앞으로 나서기 시작했어요. 하지만 얼마 가지 못해 뱀은 도랑에 빠지고 말았지요. 머리가 꼬리를 도와 간신히 도랑에서 빠져나왔지만, 꼬리

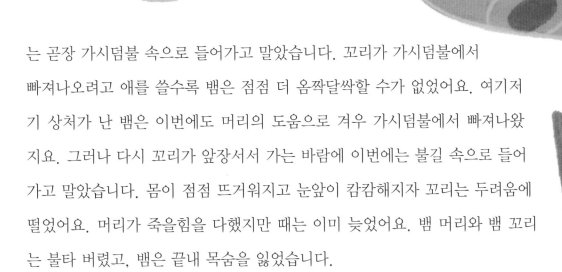

는 곧장 가시덤불 속으로 들어가고 말았습니다. 꼬리가 가시덤불에서
빠져나오려고 애를 쓸수록 뱀은 점점 더 옴짝달싹할 수가 없었어요. 여기저
기 상처가 난 뱀은 이번에도 머리의 도움으로 겨우 가시덤불에서 빠져나왔
지요. 그러나 다시 꼬리가 앞장서서 가는 바람에 이번에는 불길 속으로 들어
가고 말았습니다. 몸이 점점 뜨거워지고 눈앞이 캄캄해지자 꼬리는 두려움에
떨었어요. 머리가 죽을힘을 다했지만 때는 이미 늦었어요. 뱀 머리와 뱀 꼬리
는 불타 버렸고, 뱀은 끝내 목숨을 잃었습니다.

※**폭군**: 다른 사람을 힘이나 권력으로 억누르며 사납고 나쁜 짓을 하는 사람을 비유적으로
　　　 이르는 말.
※**독재자**: 절대 권력을 가지고 독재 정치를 하는 사람.

질문!
꼬리 달기

🔍 **이야기를 읽고, 다음 질문의 답이 있는 문장을 찾아 밑줄을 그어 보세요.**

① 꼬리는 머리에게 뭐라며 불만을 터트렸나요?

② 가시에 찔려 여기저기 상처가 난 뱀은 어떻게 가시덤불에서 빠져나왔나요?

③ 불길에 들어간 뱀 머리와 뱀 꼬리와 뱀은 끝내 어떻게 되었나요?

🖊 다음 친구들의 생각을 살펴보고, 자신의 생각을 정리해 동그라미 쳐 보세요.

뱀 꼬리 때문이야. 자신의 의견을 당당하게 말하는 것은 좋았지만, 자기가 할 수 있는 일을 찾아보지도 않고 자기가 할 수 없는 일을 하겠다고 끝까지 우겼기 때문이야.

만약 뱀 머리가 뱀 꼬리와 대화를 충분히 나누었다면 이런 일이 벌어지지 않았을 거야. 아무리 평등하게 기회를 준다고 해도 위급할 때는 뱀 꼬리를 말렸어야 해. 뱀 머리 때문에 뱀이 죽게 된 거야.

뱀은 누구 때문에 죽게 되었을까요?

뱀 꼬리   뱀 머리

뱀 꼬리는 두 번이나 길을 잘못 들어 죽을 뻔했는데도 뱀 머리에게 앞장서라고 하지 않아 결국 목숨을 잃고 말았어. 상황이 급할 때에도 끝까지 자기 혼자 해 보겠다고 한 뱀 꼬리 때문이야.

두 번이나 목숨이 위험했는데도 뱀 꼬리에게 먼저 나서라고 한 뱀 머리 때문이야. 상황이 위험할 때는 뱀 머리가 리더의 역할을 충실히 해서 뱀의 목숨을 구해야 했어.

✏️ **다음 질문을 읽고, 자신의 생각과 같은 답에 동그라미 치며 문장으로 써 보세요.**

1 뱀 꼬리는 뱀 머리에게 어떤 불만이 있었으며, 그 결과 어떻게 되었나요?

뱀 꼬리는 _____ 다.

2 뱀은 뱀 꼬리와 뱀 머리 중 누구 때문에 죽게 되었을까요?

나는뱀이 **뱀 꼬리 / 뱀 머리** 때문에 죽게 되었다고 생각한다. 왜냐하면 _____

_____

_____ 때문이다.

3 만약 자신이 뱀 꼬리 또는 뱀 머리라면 어떻게 했을까요?

만약 내가 **뱀 꼬리 / 뱀 머리** 라면 _____

_____ 다.

 위에 쓴 답을 옮겨 쓰며 한 편의 글을 완성해 보세요.

누구의 잘못이 가장 클까요

무덥고 메마른 사막에 한 부부와 아들이 살았어요. 이 세 식구는 너무 가난해서 굶기를 밥 먹듯 했고, 집 없이 *남루한 차림새로 사막을 이리저리 떠돌아다녔지요.

그러던 어느 날, 세 식구를 딱하게 여긴 한 노인이 말을 건넸어요.

"내일 저녁 무렵 예언자가 이곳을 지나갈 겁니다. 그때 그분에게 물어보세요. 어떻게 하면 불행한 운명에서 벗어날 수 있는지를요."

세 식구는 다음 날이 어서 오기를 기다렸어요. 이튿날 저녁이 되자, 노인 말대로 예언자가 천천히 걸어왔어요. 세 식구는 예언자에게 어떻게 불행한 운명에서 벗어날 수 있는지 물었어요. 예언자는 운명은 바꿀 수 없다고 딱 잘라 말했지요. 세 식구가 간곡히 부탁하자, 예언자는 하는 수 없다는 듯이 말했어요.

"여기서 조금 떨어진 곳에 맑은 샘물이 솟아나는 곳이 있소. 아침 일찍 해가 뜨기 전, 그곳에서 한 사람씩 목욕을 하시오. 단, 세 사람이 각기 다른 날에 해야 하오. 목욕하는 동안 소원을 빌면 모두 이루어질 것이오."

세 식구는 누가 먼저 목욕할지 다투다가 어머니가 먼저 샘에 들어가기로 했어요. 어머니는 세상에서 제일 아름다운 여자가 되게 해 달라며 소원을 빌었어요. 목욕을 마친 어머니는 눈부시게 아름다운 여인으로 변했습니다. 때마침 지나가던 귀족이 어머니를 보고 한눈에 반했어요. 귀족은 어머니를 마차에 태워 데려갔어요. 어머니는 뒤도 안 돌아보고 귀족과 함께 떠났지요. 이 모습을 본 아버지는 무척 화가 났어요. 아버지는 이튿날 새벽이 되자마자, 샘에서 목욕하며 소원을 빌었어요.

"내 아내를 꼬리가 긴 원숭이로 변하게 해 주세요."

다음 날 아침, 잠에서 깨어난 귀족은 원숭이 한 마리가 옆에 누워 있는 것을 보고 깜짝 놀랐어요. 귀족은 원숭이로 변한 어머니를 밖으로 내쫓았지요. 어머니는 달리고 또 달려서 식구들이 있는 사막에 도착했어요.

그날 밤, 세 식구는 아무 말 없이 모래 언덕 위에 앉아서 동이 트기를 기다렸어요. 다음 날이 되자, 아들은 샘에서 목욕하며 어머니를 원래 모습대로 돌아가게 해 달라고 소원을 빌었어요. 어머니는 처음 모습으로 돌아왔고, 결국 세 식구는 운명을 바꿀 수 없었답니다.

[*]**남루하다**: 옷 따위가 낡아 해지고 차림새가 너저분하다.

질문! 꼬리 달기

🔍 **이야기를 읽고, 다음 질문의 답이 있는 문장을 찾아 밑줄을 그어 보세요.**

① 어머니는 샘에서 목욕을 하며 어떤 소원을 빌었나요?

② 아버지와 아들은 샘에서 목욕을 하며 각각 무슨 소원을 빌었나요?

③ 각자 소원을 빈 세 식구는 결국 어떻게 되었나요?

생각! 꼬리 물기

✏️ **다음 친구들의 생각을 살펴보고, 자신의 생각을 정리해 동그라미 쳐 보세요.**

소원은 각자 하나뿐인데 어머니는 식구들과 의논하지 않고 자기 마음대로 정했잖아. 게다가 아름다운 여자가 되고 싶다며 자기 자신만을 위한 소원을 빌었고, 아름다운 여인으로 변하자 식구들을 버리고 귀족을 따라가서 혼자만 잘살려고도 했어. 식구들을 생각하지 않고 자신만을 생각한 어머니가 가장 잘못했어.

아버지는 식구들을 위한 소원이 아닌, 식구들을 버리고 떠난 아내에게 복수하고 싶은 마음으로 소원을 빌었어. 남아 있는 아들을 위한 소원을 빌거나 모두를 위한 소원을 빌 수도 있었을 텐데…….식구들을 위하거나 미래의 행복을 꿈꾸는 소원이 아닌 복수심으로 소원을 빈 아버지의 잘못이 가장 커.

세 식구 중 누구의 잘못이 가장 클까요❓

_____

어머니　　　**아버지**　　　**아들**

아들이 가장 잘못했어. 아들이 조금 더 깊이 생각했다면, 마지막으로 가족 모두가 행복할 수 있는 소원을 빌 수 있었을지도 몰라. 그런데 어머니를 원래 모습대로 돌아가게 해 달라고 소원을 비는 바람에 세 식구가 사막을 벗어나 행복을 찾을 수 있는 기회를 놓쳤어.

✏️ **다음 질문을 읽고, 자신의 생각과 같은 답에 동그라미 치며 문장으로 써 보세요.**

1 소원을 빈 세 식구는 결국 어떻게 되었나요?

소원을 빈 세 식구는 _____ 다.

----

2 세 식구 중 누구의 잘못이 가장 클까요?

나는 세 식구 중 **어머니 / 아버지 / 아들** 의 잘못이 가장 크다고 생각한다. 왜냐하면

_____

_____ 때문이다.

----

3 만약 자신이 어머니 또는 아버지 또는 아들이라면 어떻게 했을까요?

만약 내가 **어머니 / 아버지 / 아들** (이)라면

_____ 다.

 위에 쓴 답을 옮겨 쓰며 한 편의 글을 완성해 보세요.

누가 더 잘못했을까요

　한 상인이 물건을 사기 위해 은화가 가득 담긴 자루를 들고 큰 도시로 향했어요. 장이 서는 날보다 일찍 도착한 상인은 들고 다니기가 불편한 은화 자루를 산 중턱에 묻어 숨겨 놓고 도시를 구경했어요. 장이 서는 날, 상인은 은화를 찾으러 산으로 갔어요. 미리 표시해 둔 곳을 찾아 땅을 팠는데, 아뿔싸! 은화 자루가 감쪽같이 사라져 버린 것이 아니겠어요? 상인은 막막해하며 주위를 둘러보다가 저 멀리 있는 외딴집을 발견했어요. 은화를 묻을 때는 보이지 않던 집이었지요. 상인은 외딴집 한쪽 벽에 뚫린 구멍을 발견했어요. 그리고 한 남자가 집으로 들어가는 것을 확인했지요.

　'아마 집주인은 벽에 난 구멍으로 내가 은화 묻는 것을 지켜본 다음, 아무도 없을 때 은화 자루를 훔쳐 갔을 거야.'

　상인은 곧장 집주인을 찾아가 따지려다가 일단 참았어요. 무슨 일이든 세 번씩 생각하라는 어머니 말씀이 떠올랐기 때문이에요. 깊이 생각한 끝에 상인은 집주인을 만났습니다.

　"안녕하세요? 저는 시골에서 온 상인인데 도움을 받고 싶습니다. 도시 사람들은 영리하다는 말을 많이 들어서요."

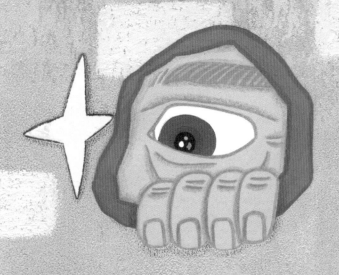

집주인은 상인을 보고 깜짝 놀랐지만, 아무렇지 않은 듯 인사했어요. 그러자 상인이 말을 이어 갔습니다.

"제가 시장에서 값비싼 물건을 사려고 은화 자루를 두 개 갖고 왔어요. 은화 오백 개가 든 작은 자루는 남몰래 묻어 두었지요. 이제 은화 팔백 개가 든 큰 자루가 남았는데 땅에 묻는 것이 좋을까요, 제가 머무는 여관 주인에게 맡기는 게 좋을까요?"

집주인은 얼른 대답했어요.

"도시에서는 아무도 믿으면 안 됩니다. 제 생각에는 작은 자루를 묻어 둔 곳에 큰 자루를 함께 묻는 것이 좋을 것 같네요."

상인이 사라지자 집주인은 몰래 훔친 은화 자루를 도로 갖다 묻었어요. 그래야 상인이 안심하고 은화 팔백 개가 든 큰 자루도 같은 곳에 묻으리라 생각했기 때문이지요. 상인은 집주인이 집으로 돌아간 뒤, 땅을 파서 은화 자루를 무사히 찾았습니다.

질문!
꼬리 달기

🔍 **이야기를 읽고, 다음 질문의 답이 있는 문장을 찾아 밑줄을 그어 보세요.**

❶ 큰 도시에 온 상인은 은화가 가득 담긴 자루를 어떻게 했나요?

❷ 상인은 외딴집 주인이 어떻게 자신의 은화 자루를 가져갔을 거라고 생각했나요?

❸ 집주인은 상인이 사라지자 은화 자루를 왜 도로 갖다 묻었나요?

생각! 꼬리 물기

🖊 다음 친구들의 생각을 살펴보고, 자신의 생각을 정리해 동그라미 쳐 보세요.

상인이 더 잘못했지. 애초에 자기 땅도 아닌 곳에 은화를 묻은 것부터 실수한 거야. 어떤 곳인지 잘 알아보지도 않고 다짜고짜 은화를 숨겨 두었으니 잃어버리는 것도 당연해.

집주인이 더 잘못했어. 설령 상인이 은화를 묻은 땅이 집주인 땅이라고 해도 자기 물건이 아닌 것을 가져서는 안 돼. 어떤 이유에서든 남의 물건을 몰래 가져가는 건 옳지 않은 행동이야.

상인과 집주인 중 누가 더 잘못했을까요?

상인   집주인

집주인은 멀리서 낯선 사람을 지켜보며 호기심이 들었을 거야. 상인이 가고 나서 무엇을 묻었는지 땅을 파 보다가 은화를 발견하고 가져간 거지. 은화를 보면 갖고 싶은 욕심이 생기는 건 당연하잖아. 집주인에게 이런 마음을 들게 한 상인이 잘못했어.

그렇다면 나중에 상인이 집주인을 찾아왔을 때 사실대로 말하고, 용서를 구했어야 해. 용서를 구할 기회가 충분히 있었는데도 집주인은 그렇게 하지 않았어. 오히려 욕심을 부리며 은화를 더 많이 가져갈 궁리만 했지. 따라서 집주인이 더 잘못했어.

✏️ **다음 질문을 읽고, 자신의 생각과 같은 답에 동그라미 치며 문장으로 써 보세요.**

1 상인은 잃어버린 은화 자루를 어떻게 찾았나요?

상인은 _____ 다.

2 상인과 집주인 중 누가 더 잘못했을까요?

나는 상인과 집주인 중 **상인 / 집주인** 이 더 잘못했다고 생각한다. 왜냐하면

_____

_____ 때문이다.

3 만약 자신이 상인 또는 집주인이라면 어떻게 했을까요?

만약 내가 **상인 / 집주인** 이라면

_____ 다.

📖 **위에 쓴 답을 옮겨 쓰며 한 편의 글을 완성해 보세요.**

4

지혜

지혜는
어떤 가치를 가질까요?

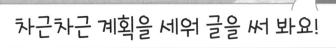

차근차근 계획을 세워 글을 써 봐요!

나무를 심는 것은 지혜로운 행동일까요

한 노인이 정원에 어린 *쥐엄나무를 심었어요. 때마침 그곳을 지나가던 나그네가 그 모습을 보고 노인에게 물었습니다.

"어르신께서는 언제쯤 그 나무에서 열매를 거둘 것으로 생각하십니까?"

나그네를 바라보며 노인이 대답했어요.

"아마 70년쯤 지난 뒤에야 결실을 볼 수 있겠지."

나그네는 다시 노인에게 물었습니다.

"어르신께서는 그토록 오래 사실 수 있겠습니까?"

노인은 고개를 저으며 대답했어요.

"어찌 그럴 수 있겠나. 하지만 내가 태어났을 때 과수원에 있는 많은 과일나무에 열매들이 풍성히 달려 있었다네. 내 아버지께서 채 태어나지도 않은 나를 위해 나무를 심어 놓았기 때문이지. 내가 나무를 심는 것도 이와 같은 마음에서라네."

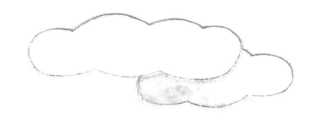

*쥐엄나무: 잎자루 양쪽에 여러 개의 작은 잎이 새의 깃 모양처럼 붙어 있는 것이 특징이며, 20미터 가량 높이로 자란다. '탈무드'에서는 쥐엄나무가 열매를 맺으려면 70년이 걸린다고 전해지는데, 유대인에게 쥐엄나무는 괴로움이나 어려움을 참고 견디라는 교훈을 준다.

질문!
꼬리 달기

🔍 **이야기를 읽고, 다음 질문의 답이 있는 문장을 찾아 밑줄을 그어 보세요.**

❶ 노인은 정원에서 무엇을 했나요?

❷ 노인은 자기가 심은 어린나무가 언제쯤 열매를 거둘 것이라고 생각하나요?

❸ 노인은 어떤 마음에서 나무를 심는다고 말했나요?

✎ 다음 친구들의 생각을 살펴보고, 자신의 생각을 정리해 동그라미 쳐 보세요.

후손들을 위해 나무를 심는 것은 의미 있고 중요한 일이야. 노인의 아버지가 미리 심어 둔 과일나무들이 풍성해진 것처럼, 노인도 미래의 자손들을 위해 나무를 심는 것이므로 **지혜로운 거지.**

글쎄, 노인이 현재보다 ㄱ0년 뒤를 생각하며 나무를 심는 것이라면 지혜롭지 못한 거야. 살아 있는 동안 가족들과 행복한 일을 찾아 현재를 즐기는 것이 더 좋다고 생각해.

노인이 나무를 심는 것은 지혜로운 행동일까요?

지혜롭다   지혜롭지 못하다

미리 나무를 심으면 자손들이 훗날 풍요롭게 지낼 수 있어. 게다가 자손들에게 오랜 시간을 참고 기다리면 좋은 결과가 있다는 교훈까지 알려 줄 수 있으니 나무를 심는 것은 지혜롭다고 생각해.

노인은 자기 자신부터 잘 챙겨야 해. 앞으로 살아 있을 날이 많지 않으니까 하루하루를 더 소중하게 여기며 중요한 일을 해야 해. 그런데 나무를 심었으니 지혜롭다고 볼 수 없어.

다음 질문을 읽고, 자신의 생각과 같은 답에 동그라미 치며 문장으로 써 보세요.

❶ 노인이 어린 쥐엄나무를 심는 이유는 무엇인가요?

노인은 _____ 다.

----

❷ 노인이 70년 뒤를 준비하며 나무를 심는 것은 지혜로운 행동일까요?

나는 노인이 나무를 심는 것이 **지혜롭다 / 지혜롭지 못하다** 고 생각한다. 왜냐하면

때문이다.

----

❸ 만약 자신이 노인이라면 어떻게 했을까요?

만약 내가 노인이라면

다.

위에 쓴 답을 옮겨 쓰며 한 편의 글을 완성해 보세요.

도시를 지키는 사람은 누구일까요

사람들에게 인정받는 훌륭한 랍비가 있었어요. 어느 날, 랍비는 북쪽 도시에 *사찰관 두 명을 보냈어요. 사찰관들은 도시를 지키는 사람과 만나고 싶다고 말했어요. 그러자 북쪽 도시의 경찰서장이 찾아왔어요. 경찰서장은 도시의 안전과 질서를 담당하는 최고 책임자였지요. 사찰관들은 경찰서장을 보며 말했습니다.

"우리가 찾는 사람은 당신이 아닙니다. 우리는 도시를 지키는 사람과 만나고 싶을 뿐입니다."

그다음 사찰관들을 찾아온 사람은 도시를 지키는 군인이었어요. 그러자 사찰관들이 또다시 말했습니다.

"우리가 만나고 싶은 사람은 경찰관과 군인이 아니라 교사입니다. 경찰관과 군인은 도시를 파괴할 뿐이지요. 진정으로 도시를 지키는 사람은 교사입니다."

***사찰관**: 조사하여 살피는 사람.

🔍 **이야기를 읽고, 다음 질문의 답이 있는 문장을 찾아 밑줄을 그어 보세요.**

❶ 사찰관들은 북쪽 도시에서 누구를 만나고 싶다고 말했나요?

❷ 북쪽 도시에서 누구누구가 사찰관들을 찾아왔나요?

❸ 사찰관들이 만나고 싶은 사람은 누구인가요?

✏️ 다음 친구들의 생각을 살펴보고, 자신의 생각을 정리해 동그라미 쳐 보세요.

'도시를 지킨다.'는 것은 '시민들의 재산과 생명을 지킨다.'는 뜻으로 볼 수 있어. 따라서 도시를 지키려면 경찰관과 군인이 꼭 필요해. 사회 질서를 무너뜨리는 범죄나 법을 어기는 사람들로부터 시민들을 보호해야 하니까 말이야.

'도시를 지킨다.'는 것은 '도시를 발전시키고 크게 키운다.'는 뜻으로도 볼 수 있어. 교사는 교육을 통해 정치가, 의사, 과학자, 사업가 등 도시에 필요한 사람들을 길러 내기 때문에 진정으로 도시를 지키는 사람이야.

도시를 지키는 사람은 누구일까요?

경찰관과 군인   교사

하지만 교사는 다른 나라로부터 쳐들어오는 적들로부터 도시와 시민들을 지킬 수 없어. 사람들의 생명과 재산을 안전하게 지키고 보호하는 사람은 경찰관과 군인이야.

그런 경찰관과 군인을 가르치는 사람도 바로 교사잖아. 그러니 올바른 사람을 키우고 올바른 사회를 만들면서 도시의 경제와 문화를 발전시키는 사람은 바로 교사야.

다음 질문을 읽고, 자신의 생각과 같은 답에 동그라미 치며 문장으로 써 보세요.

1 북쪽 도시를 찾은 사찰관들은 어떤 사람을 만나고 싶어 했나요?

북쪽 도시를 찾은 사찰관들은   다.

---

2 진정으로 도시를 지키는 사람은 누구일까요?

나는 진정으로 도시를 지키는 사람이   **경찰관과 군인 / 교사**   (이)라고 생각한다. 왜냐하면

때문이다.

---

3 도시나 국가를 지킨다는 것은 어떤 의미일까요?

도시나 국가를 지킨다는 것은

다.

 위에 쓴 답을 옮겨 쓰며 한 편의 글을 완성해 보세요.

현자를 만날 자격이 있을까요

어느 마을에 한 남자가 살았습니다. 그는 *현자를 만나고 싶어 했어요. 남자는 평소에 바르게 행동하고 정직하게 지내며 현자가 오기를 기다렸지요. 마을 사람들은 입이 마를 정도로 그를 칭찬했답니다. 그렇게 한 달, 두 달, 반년을 넘게 기다렸지만 현자는 나타나지 않았어요.

어느덧 1년이 지나고, 남자는 여전히 현자를 기다렸어요. 그러던 어느 날, 남자 집에 누더기를 걸친 거지가 찾아왔습니다.

"배가 너무 고픕니다. 먹을 것을 좀 주세요. 그리고 하룻밤만 신세를 질 수 있을까요? 이렇게 간절히 부탁합니다."

남자는 현자가 아닌 거지가 찾아오자 실망한 목소리로 대답했어요.

"여기는 여관이 아니라오. 그만 돌아가시오."

"그렇다면 그냥 맨밥이라도 한술만⋯⋯."

남자는 화를 내며 거지를 내쫓아 버렸습니다. 집 안에서 가만히 그 모습을 지켜보던 늙은 아버지는 아들에게 조용히 말을 건넸어요.

"그 사람이 바로 네가 오랫동안 기다렸던 현자일 수도 있는데 말이지⋯⋯."

***현자**: 어질고 총명하여 본받을 만한 사람.

질문!
꼬리 달기

🔍 이야기를 읽고, 다음 질문의 답이 있는 문장을 찾아 밑줄을 그어 보세요.

❶ 남자는 누구를 만나고 싶어 했나요?

❷ 남자는 자기 집에 찾아와 맨밥이라도 한술 달라는 거지를 어떻게 했나요?

❸ 늙은 아버지는 아들에게 조용히 무슨 말을 건넸나요?

✎ **다음 친구들의 생각을 살펴보고, 자신의 생각을 정리해 동그라미 쳐 보세요.**

남자는 충분히 현자를 만날 자격이 있어. 현자를 만나기 위해 평소에 태도를 바르게 하고, 정직하게 행동하는 등 나름대로 노력을 많이 했잖아. 마을 사람들이 칭찬할 정도로 말이야.

하지만 거지를 대하는 태도에서 남자의 진짜 마음을 알 수 있지. 밥 한술만 달라는 거지를 화를 내며 내쫓는 태도가 남자의 진짜 마음이니, 남자는 현자를 만날 자격이 없어.

남자는 현자를 만날 자격이 있을까요?

있다   없다

현자를 만나기 위해 1년이나 기다렸는데, 집으로 찾아온 사람이 거지였으니 남자는 화가 났겠지. 너무 오래 기다렸기 때문에 한 번쯤은 화를 낼 수도 있어. 남자는 꼭 현자를 만날 거야.

남자는 현자를 만나고 싶은 마음에 일부러 태도를 바르게 하고 정직하게 행동한 거야. 진심에서 우러나오는 것이 아니라 현자에게 잘 보이려고 한 것이므로 남자는 현자를 만날 자격이 없어.

✏️ **다음 질문을 읽고, 자신의 생각과 같은 답에 동그라미 치며 문장으로 써 보세요.**

1 남자는 누구를 기다렸으며, 거지가 찾아오자 어떻게 행동했나요?

남자는   다.

2 남자는 현자를 만날 자격이 있을까요?

나는 남자가 현자를 만날 자격이   **있다 / 없다**   고 생각한다. 왜냐하면

                                                                     때문이다.

3 만약 자신이 현자를 기다리는 남자라면 어떻게 했을까요?

만약 내가 현자를 기다리는 남자라면

                                                           다.

 위에 쓴 답을 옮겨 쓰며 한 편의 글을 완성해 보세요.

무엇이 더 중요할까요

어느 배 위에서 있었던 일이에요. 배에 탄 손님은 대부분 큰 부자였는데, 그렇지 않은 랍비도 한 명 있었지요. 부자들은 서로 자기 재산을 자랑하느라 바빴습니다. 그러다가 부자 한 명이 옆에 있던 랍비에게 재산이 얼마나 있느냐고 물었어요. 그러자 랍비가 이렇게 대답했어요.

"지식과 교양을 갖춘 나는 최고의 부자라고 생각합니다. 하지만 지금 당장 당신들에게 내 재산을 보여 줄 수가 없군요."

부자들은 옷차림이 남루한 랍비를 보며 비웃었어요. 그때 갑자기 해적 무리가 배를 덮쳤어요. 부자들은 갖고 있던 금은보석을 비롯해 전 재산을 해적에게 빼앗겼지요. 해적은 순식간에 사라지고, 배는 가까스로 어느 마을 항구에 도착했어요. 재산을 모조리 잃은 부자들은 아무것도 할 수가 없었어요. 오직 랍비만이 항구와 가까이에 있는 학교에서 학생들을 가르치는 일을 했습니다.

세월이 흐른 뒤, 랍비는 배를 함께 탔던 부자들을 다시 만났어요. 랍비가 그동안 마을 사람들에게 존경을 받으며 살아온 것과 달리 그들은 모두 가난한 신세가 되었지요. 랍비를 본 사람들은 이렇게 말했어요.

"예전에 당신이 배에서 스스로 부자라고 말한 것이 옳았습니다. 당신의 지식은 누구에게도 빼앗기지 않고, 언제든지 끄집어내어 쓸 수가 있으며, 아무리 써도 없어지지 않으니 이 세상 모든 것을 가진 것과도 같습니다. 당신의 지식이 최고의 보물입니다. 당신은 교양까지 갖추었으니 많은 사람에게 존경을 받아 마땅합니다."

이후 예전에 부자였던 사람들은 지식과 교양을 가르치는 교육이 가장 중요하다며 랍비를 인정했습니다.

질문! 꼬리 달기

🔍 **이야기를 읽고, 다음 질문의 답이 있는 문장을 찾아 밑줄을 그어 보세요.**

❶ 배에 탄 부자들은 서로 무엇을 자랑했나요?

❷ 해적을 만난 배가 마을 항구에 도착한 뒤 랍비는 무엇을 했나요?

❸ 예전에 부자였던 사람들은 뭐라고 말하며 다시 만난 랍비를 인정했나요?

✏️ 다음 친구들의 생각을 살펴보고, 자신의 생각을 정리해 동그라미 쳐 보세요.

사람이 살기 위해서는 먹을 음식, 입을 옷, 잠을 잘 수 있는 집이 있어야 해. 이런 것들을 제대로 갖추지 않으면 힘들게 살게 되지. 음식, 옷, 집을 사려면 돈이 필요하니 돈이 더 중요해.

돈이 많으면 좋긴 하지만, 세상에는 돈으로 살 수 없는 것들도 많아. 지식이 있으면 내가 아는 것을 활용하여 인생을 지혜롭게 살 수 있는 데다 돈도 벌 수 있을 거야.

돈과 지식 중 무엇이 더 중요할까요?

돈   지식

돈이 많으면 지식이 뛰어난 사람을 뽑아서 도움을 받을 수 있어. 또한 그 사람 덕분에 돈을 벌 수도 있지. 큰 돈을 잘 관리한다면 세상에 큰 도움을 줄 수 있으므로 돈이 중요하지.

지식을 쌓은 사람은 누군가를 가르치거나 자기만의 아이디어를 활용해 돈을 벌 수 있어. 재산은 잘 관리하지 않으면 잃어버리기 쉽지만, 한 번 쌓은 지식은 잃어버릴 염려가 없으니 지식이 더 중요해.

글쓰기! 꼬리 잡기

✏ **다음 질문을 읽고, 자신의 생각과 같은 답에 동그라미 치며 문장으로 써 보세요.**

❶ 가난한 신세가 된 부자들은 왜 랍비의 지식이 최고의 보물이라고 했나요?

가난한 신세가 된 부자들은   다.

----

❷ 돈과 지식 중 무엇이 더 중요할까요?

나는 돈과 지식 중   **돈 / 지식**   이 더 중요하다고 생각한다. 왜냐하면

때문이다.

----

❸ 만약 돈 또는 지식 중 하나를 골라야 한다면 무엇을 고르고 싶나요? 그 이유는 무엇인가요?

만약 돈 또는 지식 중 하나를 골라야 한다면 나는   **돈 / 지식**   을 고를 것이다. 그 이유는

다.

 위에 쓴 답을 옮겨 쓰며 한 편의 글을 완성해 보세요.

보물은 무엇일까요

어느 마을에 농사꾼 아버지와 세 아들이 살았어요. 아버지는 부지런했지만 삼 형제는 무척 게으른 데다 사이가 좋지 않았어요. 삼 형제는 무척 바쁜 농사철에도 서로 다투기만 할 뿐, 아버지를 도울 생각은 손톱만큼도 없었어요.

세월은 흐르고 흘러 아버지는 꼬부랑 늙은이가 되었어요. 아버지가 시름시름 앓던 어느 날, 삼 형제를 한자리에 불러 모았지요.

"내가 그동안 너희에게 숨겨 온 게 있다. 우리 밭에 소중한 보물을 묻어 놓았으니, 그것을 찾아 너희 셋이 똑같이 나눠 갖거라……."

아버지는 말을 마치자마자 세상을 떠났습니다. 삼 형제는 그 보물이 어디에 묻혀 있는지 듣지 못했지요. 삼 형제는 아버지의 장례를 치른 뒤, 밭으로 나가 아버지가 묻어 놓은 보물을 찾기 시작했어요. 한겨울에 쌩쌩 부는 바람은 코끝이 찡할 만큼 매서웠어요. 그러나 삼 형제는 추운 줄도 모르고 꽁꽁 언 밭을 파고 또 팠습니다.

어느새 아지랑이가 피어나는 봄이 되었어요. 삼 형제는 지난겨울부터 하루도 빠지지 않고 열심히 밭을 파헤쳤습니다. 드디어 마지막 밭의 구석구석까지 다 파헤쳤어요. 그러나 아버지가 밭에 묻어 놓았다는 소중한 보물은 찾을 수 없었지요. 큰아들이 동생들에게 말했습니다.

"애들아, 우리가 허탕을 쳤구나!"

"그럼, 큰형. 아버지가 우리한테 거짓말을 했단 말이야?"

"겨우내 고생만 했는데……. 이럴 줄 알았으면 놀러나 다닐걸!"

동생들은 투덜거리면서 땅바닥에 털썩 주저앉았어요. 그때 큰아들이 두 눈을 크게 뜨며 소리쳤습니다.

"아니, 저건……!"

"왜 그래, 형?"

"저것 봐! 우리가 파헤친 땅에서 파릇파릇한 새싹들이 돋아났어. 아버지께서 하신 말씀이 바로 이거였어. 소중한 보물을 찾아 땅을 파헤치듯 열심히 밭을 일구어 농사를 지으라는 거야……."

삼 형제는 서로 부둥켜안고 눈물을 흘렸답니다.

질문!
꼬리 달기

🔍 **이야기를 읽고, 다음 질문의 답이 있는 문장을 찾아 밑줄을 그어 보세요.**

❶ 부지런한 아버지와 달리 삼 형제는 어떠했나요?

❷ 아버지는 삼 형제에게 무슨 말을 남기고 세상을 떠났나요?

❸ 큰아들은 아버지가 말한 소중한 보물이 무엇이라고 생각했나요?

🖋 다음 친구들의 생각을 살펴보고, 자신의 생각을 정리해 동그라미 쳐 보세요.

아버지가 말한 보물은 진짜 보물이 아니야. 아버지는 삼 형제에게 농사일을 열심히 하라는 말을 하고 싶어서 그렇게 말한 거지. 그래야 삼 형제가 열심히 땅을 팔 테니까. 땅을 제대로 일구면 논밭이 기름지고 농사를 잘 지을 수 있잖아.

나도 아버지가 말한 보물이 진짜가 아니라는 건 알아. 하지만 아버지 말에는 농사일을 열심히 하라는 것보다 삼 형제가 서로 힘을 합쳤으면 하는 마음이 담겨 있어. 삼 형제는 서로 사이가 좋지 않으니까.

아버지가 말한 보물은 무엇일까요 ❓

농사일을 열심히 하는 것
서로 힘을 합하는 것

삼 형제는 사이가 안 좋기도 했지만 무척 게을렀어. 그런데 아버지 말을 듣고 땅을 파면서 농사일이 얼마나 중요한지 깨달았어. 땅을 판 덕분에 싹이 튼 것을 확인했으니까. 또 형도 열심히 농사를 지으라는 뜻으로 이해했잖아.

아버지는 삼 형제가 힘을 서로 합치면 무엇이라도 해낼 수 있다는 것을 알려 주고 싶었던 거야. 세 아들 가운데 한 명이라도 이 사실을 깨닫는다면 게으른 삼 형제가 모두 사이좋고 부지런한 모습으로 바뀌리라 생각했겠지.

✏️ **다음 질문을 읽고, 자신의 생각과 같은 답에 동그라미 치며 문장으로 써 보세요.**

1 큰아들은 파릇파릇하게 돋아난 새싹을 보고 무엇을 깨달았나요?

큰아들은 새싹을 보고
_____

_____ 다.

_____

2 삼 형제에게 아버지가 말한 보물은 무엇일까요?

나는 삼 형제에게 아버지가 말한 보물이   **농사일을 열심히 하는 것 / 서로 힘을 합하는 것**   이라
_____

고 생각한다. 왜냐하면
_____

_____ 때문이다.

_____

3 만약 자신이 아버지라면 세상을 떠나기 전 뭐라고 말했을까요?

만약 내가 아버지라면 _____ 다.
_____

 위에 쓴 답을 옮겨 쓰며 한 편의 글을 완성해 보세요.

글쓰기를 마치고 어떤 마음이 드는지 자유롭게 표현해 보세요. 글로 써도 좋고 그림을 그려도 좋아요.

초등 글쓰기왕

이름:

위 어린이는 바쁘고 힘들어도 날마다
차근차근 이야기를 읽고 계획을 세워
초등 글쓰기를 마무리한 공이 크므로
이를 표창함.

202   년   월   일

★ 생각이 더 깊어지고, 더 넓어지도록 함께 이야기를 나눠요!

이야기 길잡이

+예시 답안

비둘기의 치료비는
누가 물어야 할까요

질문! 꼬리 달기

〈목마른 비둘기〉는 성급한 비둘기에 대한 이야기입니다. 몹시 더운 날, 목이 무척 말랐던 비둘기는 간판에 그려진 물을 보고 진짜 물이라고 착각했고, 물을 마시기 위해 힘껏 날다가 간판에 부딪혀 날개가 부러지게 됩니다. 조금만 더 신중하게 살펴보거나 가게의 물을 사 먹을 생각을 했다면 날개가 부러지는 위기에 처하지는 않았을 것입니다. 주어진 질문에 답이 되는 문장을 찾아 밑줄을 그으면서 내용을 이해하도록 해 봅니다.

질문 더하기 ✚

○ 음료수 가게에서는 무엇을 팔고 있었을까?
○ 비둘기는 음료수 가게에서 물을 사 마실 수 있었을까?
○ 비둘기가 물을 마실 수 있는 방법은 또 어떤 것이 있을까?

뜻풀이

간판
기관, 상점, 영업소 따위에서 이름이나 판매 상품, 업종 따위를 써서 사람들의 눈에 잘 뜨이게 걸거나 붙이는 표지.

착각
어떤 사물이나 사실을 실제와 다르게 지각하거나 생각함.

생각! 꼬리 물기

〈목마른 비둘기〉 이야기는 너무 목이 말라 성급한 나머지 급기야 날개가 부러지는 위기에 처한 비둘기에 대한 내용을 담고 있습니다. 비둘기가 성급하기도 했지만, 과연 비둘기 잘못만 있는지도 생각해 볼 필요가 있습니다. 다친 비둘기를 치료한다면 누가 치료비를 물어야 할지 의견을 나누어 봅니다.

비둘기의 치료비는 누가 물어야 할까요?

음료수 가게 주인

투명한 창문이나 도로의 투명한 가림막에 부딪혀 죽는 새들이 많습니다. 이처럼 인간에게 편리하게 하려고 한 것들이 다른 동식물에게 피해를 주는 것들이 많습니다. 또한 의도치 않게 타인에게 피해를 주는 사례도 찾아보고 그 책임의 소재가 누구에게 있는지 살펴봅니다.

비둘기

비둘기는 너무 목이 말라 앞뒤 생각할 겨를 없이 행동했습니다. 게다가 진짜라고 하더라도 가게에서 파는 물인데 마셔도 되는지 물어보지도 않고 성급하게 행동해서 다치게 되었습니다. 급하고 바쁠수록 더 여유를 가지고 일을 처리해야 하는 이유에 대해 이야기를 해 보면 좋겠습니다.

글쓰기! 꼬리 잡기 예시 답안

1 비둘기는 왜 간판에 부딪혔나요?

> **예시1** 비둘기는 목이 말라 간판에 그려진 물을 마시려고 날아가다 간판에 부딪혔다.

2 날개가 부러진 비둘기의 치료비는 누가 물어야 할까요?

> **예시1** 나는 날개가 부러진 비둘기의 치료비는 음료수 가게 주인이 물어야 한다고 생각한다. 왜냐하면 가게 주인이 간판에 진짜와 똑같은 물컵을 그렸기 때문이다.

> **예시2** 나는 날개가 부러진 비둘기의 치료비는 비둘기가 물어야 한다고 생각한다. 왜냐하면 비둘기가 간판 그림을 진짜라고 착각을 했으므로 가게 주인의 잘못은 아니기 때문이다.

3 만약 자신이 음료수 가게 주인 또는 비둘기라면 어떻게 했을까요?

> **예시1** 만약 내가 음료수 가게 주인이라면 물컵 속에 든 물을 만화처럼 그려서 새들이 착각하지 않도록 하고, 홍보 효과도 크게 할 것이다.

> **예시2** 만약 내가 비둘기라면 공중에 물컵이 있다는 것을 의심하고 좀 더 신중했을 것이다.

위에 쓴 답을 옮겨 쓰며 한 편의 글을 완성해 보세요.

> **예시1** 비둘기는 목이 말라 간판에 그려진 물을 마시려고 날아가다 간판에 부딪혔다. 나는 날개가 부러진 비둘기의 치료비는 음료수 가게 주인이 물어야 한다고 생각한다. 왜냐하면 가게 주인이 간판에 진짜와 똑같은 물컵을 그렸기 때문이다. 만약 내가 음료수 가게 주인이라면 물컵 속에 든 물을 만화처럼 그려서 새들이 착각하지 않도록 하고, 홍보 효과도 크게 할 것이다.

> **예시2** 비둘기는 목이 말라 간판에 그려진 물을 마시려고 날아가다 간판에 부딪혔다. 나는 날개가 부러진 비둘기의 치료비는 비둘기가 물어야 한다고 생각한다. 왜냐하면 비둘기가 간판 그림을 진짜라고 착각을 했으므로 가게 주인의 잘못은 아니기 때문이다. 만약 내가 비둘기라면 공중에 물컵이 있다는 것을 의심하고 좀 더 신중했을 것이다.

왕은 정말 공평한가요

질문! 꼬리 달기

〈능력의 차이〉 이야기는 사람들이 가진 능력을 인정해야 한다는 주제를 담고 있습니다. 포도밭에서 일을 하는 사람들은 각자의 능력도 다르고, 일하는 태도도 다릅니다. 일하는 태도도 성실하고 다른 사람들보다 더 많은 일을 하는 남자는 어떤 대우를 받아야 할까요? 3개 질문의 답이 되는 문장을 찾아 밑줄을 그어 보면서 이야기의 내용을 파악해 보도록 합니다. 그런 다음 좀 더 많은 것을 알아보기 위해 질문을 만들어서 이야기를 나누어 봅니다.

질문 더하기 ✚

○ 왕은 그 남자와 어떤 이야기를 했을까?

○ 그 남자는 매일 다른 사람의 4배 이상의 일을 했을까?

○ 능력이 뛰어난 만큼 보상을 받지 못해도 그 남자는 계속 많은 일을 했을까?

뜻풀이

품삯

품을 판 대가로 받거나, 품을 산 대가로 주는 돈이나 물건.

산책

휴식을 취하거나 건강을 위해 천천히 걷는 일.

생각! 꼬리 물기

〈능력의 차이〉 이야기는 능력이 출중한 사람을 어떻게 대우할 것인가에 대한 주제를 담고 있습니다. 그러나 우리는 또 다른 관점에서 이야기를 읽어 보며 어떤 경우에 능력을 인정해 주어야 하는지 생각하며 의견을 나누어 볼 수 있습니다.

왕은 정말 공평한가요?

공평하지 않다

사람들의 능력이 다 다르니 일일이 계산해서 품삯을 정하기는 어렵지요. 그래서 하루 일당, 혹은 시간당으로 정해서 품삯, 즉 급여를 정합니다. 그러니 처음부터 약속을 한 것이 아니라면 일한 시간만큼 품삯을 주는 것이 맞습니다. 회사에 취직한 경우에 대해 이야기를 해 보면 좋겠지요.

공평하다

두 시간 만에 8시간만큼 일을 했다면 당연히 그만큼 인정해 주는 것이 맞지요. 능력에 대한 보상은 필요합니다. 그래야 사람들은 자신들의 능력을 최대한 발휘할 수 있을 겁니다. 작가나 프리랜서 등 일한 양만큼 보상을 주는 전문 직업에 대한 이야기를 해 보면 좋습니다.

글쓰기! 꼬리 잡기 예시 답안

1 왕은 왜 능력이 뛰어난 남자와 농장 일꾼들의 품삯을 같게 주었나요?

　예시 능력이 뛰어난 남자는 두 시간 만에 농장 일꾼들이 일한 것 이상으로 일을 해냈기 때문에 왕은 같은 품삯을 주었다.

2 모든 일꾼들에게 같은 품삯을 준 왕은 정말 공평한가요?

　예시1 나는 왕이 공평하지 않다고 생각한다. 왜냐하면 일꾼들은 전부 다 다른 능력을 가지고 있는데 능력별로 지급하지 않고 모두에게 같은 품삯을 주었기 때문이다.

　예시2 나는 왕이 공평하다고 생각한다. 왜냐하면 남자의 능력을 인정하고 일한 양만큼 품삯을 지급했기 때문이다.

3 만약 자신이 왕이라면 어떻게 했을까요?

　예시1 만약 내가 왕이라면 다른 일꾼들 중에서도 능력을 가진 자를 선발할 것이다.

　예시2 만약 내가 왕이라면 남자의 능력을 인정해 농장의 관리자로 임명할 것이다.

　예시3 만약 내가 왕이라면 일꾼들과 번갈아 산책하며 농장 운영을 상의할 것이다.

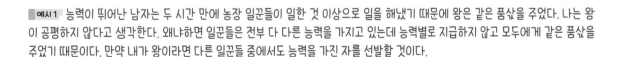
위에 쓴 답을 옮겨 쓰며 한 편의 글을 완성해 보세요.

　예시1 능력이 뛰어난 남자는 두 시간 만에 농장 일꾼들이 일한 것 이상으로 일을 해냈기 때문에 왕은 같은 품삯을 주었다. 나는 왕이 공평하지 않다고 생각한다. 왜냐하면 일꾼들은 전부 다 다른 능력을 가지고 있는데 능력별로 지급하지 않고 모두에게 같은 품삯을 주었기 때문이다. 만약 내가 왕이라면 다른 일꾼들 중에서도 능력을 가진 자를 선발할 것이다.

　예시2 능력이 뛰어난 남자는 두 시간 만에 농장 일꾼들이 일한 것 이상으로 일을 해냈기 때문에 왕은 같은 품삯을 주었다. 나는 왕이 공평하다고 생각한다. 왜냐하면 남자의 능력을 인정하고 일한 양만큼 품삯을 지급했기 때문이다. 만약 내가 왕이라면 남자의 능력을 인정해 농장의 관리자로 임명할 것이다.

겉모습은 정말 중요할까요

 보잘것없는 그릇

겉모습은 정말 중요할까요

얼굴은 못생겼지만 현명하다고 소문난 랍비가 있었어요. 어느 날, 공주가 이 랍비를 만났어요. 공주는 랍비를 보고 놀리듯이 말했지요.

❶ "이렇게 보잘것없는 얼굴에 어떻게 현명한 지혜가 담겨 있지요?"

랍비는 잠시 공주를 바라보다가 이렇게 물었어요.

"공주님, 궁궐에는 어떤 포도주가 있습니까?"

"당연히 품질 좋고 값비싼 포도주가 많지요."

"공주님, 그렇게 귀한 포도주는 어떤 그릇에 담지요?"

"포도주는 흙으로 빚은 항아리나 술병 같은 데에 담지요."

❷ "그렇다면 실망인데요. 공주님같이 품위 있고 아름다운 분이 어찌 그런 싸구려 그릇을 씁니까? 왕실에는 금은으로 된 값비싼 그릇도 많을 텐데요."

공주는 랍비 말이 그럴싸하여 궁궐로 돌아가 모든 포도주를 금은 그릇에 옮겨 담도록 명령했어요.

그날 저녁, 황제는 포도주를 마시더니 대뜸 화를 냈어요.

"누가 이 귀한 포도주를 이토록 형편없는 맛으로 만들었느냐? 포도주를 금으로 된 병에 담아 오다니!"

공주는 당황하며 대답했어요.

"값비싼 포도주는 귀한 그릇에 담아 두는 게 좋을 것 같아서 제가 궁궐의 포도주를 모두 금은 그릇에 옮기라고 했습니다."

"허허, 쓸데없는 짓을……. 포도주는 흙으로 빚은 항아리에 담아야 하거늘!"

황제에게 꾸중을 들은 공주는 당장 랍비를 찾아갔어요.

"당신은 어째서 나에게 엉터리 같은 일을 하라고 했습니까? 폐하께서 크게 화가 나셨습니다."

공주 말을 들은 랍비가 대답했어요.

❸ "저는 다만 공주님께 아주 값지고 귀한 것이라 해도 보잘것없는 그릇에 두는 것이 더 좋을 수 있다는 사실을 알려 드리고 싶었을 뿐입니다."

질문! 꼬리 달기

🔍 이야기를 읽고, 다음 질문의 답이 있는 문장을 찾아 밑줄을 그어 보세요.

❶ 공주는 처음 만난 랍비에게 놀리듯이 뭐라고 말했나요?

❷ 공주는 랍비에게 어떤 말을 듣고 모든 포도주를 금은 그릇에 옮겨 담도록 했나요?

❸ 랍비는 꾸중을 듣고 찾아온 공주에게 무슨 말을 했나요?

질문! 꼬리 달기

〈보잘것없는 그릇〉 이야기에는 겉모습으로 사람을 평가하는 공주를 일깨워 주는 지혜로운 랍비가 등장합니다. 3개 질문의 답이 되는 문장에 밑줄을 그으면서 이야기의 내용을 파악해 보도록 합니다. 그리고 서로 의견을 나누어 보고, 의견이 다르면 더 많은 의견을 주고받으면서 내용을 유추해 보세요.

질문 더하기 ➕

○ 공주에게 놀림을 받았던 랍비는 기분은 어땠을까?

○ 궁궐의 포도주를 모두 망치게 한 랍비는 벌을 받았을까?

○ 공주는 랍비를 다시 만난 후 어떻게 했을까?

○ 마음을 가꾸는 것과 외모를 가꾸는 것은 어떤 차이가 있을까?

뜻풀이

랍비

유대교의 율법학자를 이르는 말. '나의 스승', '나의 주인'이라는 뜻이다.

엉터리

❶ 터무니없는 말이나 행동. 또는 그런 말이나 행동을 하는 사람.

❷ 보기보다 매우 실속이 없거나 실제와 어긋나는 것.

 **생각! 꼬리 물기**

〈보잘것없는 그릇〉 이야기는 예쁘고 아름다운 사람을 좋게 평가하고, 못난 사람들을 부정적으로 보는 세상에 교훈을 주고 있습니다. 하지만 겉모습으로 평가하는 것이 꼭 나쁜 것만은 아닐 수 있습니다. 한쪽만으로 평가하기보다는 겉모습의 중요성과 보이지 않는 내면의 중요성을 함께 이야기해 볼 수 있어야 합니다.

겉모습은 정말 중요할까요?

중요하다

겉모습이 예쁘고 아름답다는 것은 매우 좋은 일입니다. 아름다운 꽃들은 우리들에게 기쁨을 주지요. 잘생긴 연예인들을 보면서 열광하고 대리 만족감을 느끼기도 합니다. 이런 점에서 본다면 어떤 상황이든 예쁘고 잘생겼다는 것은 강점이 아닐 수 없습니다. 되도록 단정하게 가꾸는 것 또한 중요합니다.

중요하지 않다

살아가면서 견뎌 내야 할 어려움도 많고 지혜롭게 해결해야 할 일들이 많습니다. 게다가 세상은 예쁘고 잘생긴 것들만으로 이루어져 있지 않습니다. 우선 보기에는 겉모습이 뛰어난 게 좋을 수 있지만, 지식과 지혜를 갖춘 덕목이 필요할 때가 더 많습니다. 겉모습이 크게 중요하지 않은 이유입니다.

글쓰기! 꼬리 잡기 예시 답안

① 랍비는 공주에게 무엇을 알려 주고 싶었나요?

▪ 예시 랍비는 공주에게 겉모습이 보잘것없더라도 무시해서는 안 된다는 것을 알려 주고 싶었다.

② 겉모습은 정말 중요할까요?

▪ 예시1 나는 겉모습이 중요하다고 생각한다. 왜냐하면 사람의 이미지는 우선 겉모습으로 평가되고 능력이 같다면 겉모습이 더 나은 사람을 선택하기 때문이다.

▪ 예시2 나는 겉모습이 중요하지 않다고 생각한다. 왜냐하면 처음에는 겉모습에 호감을 가지지만 시간이 흐르면 착한 마음과 지혜가 더 중요하다는 것을 알기 때문이다.

③ 만약 자신이 공주라면 어떻게 했을까요?

▪ 예시1 만약 내가 공주라면 겉모습도 중요하다는 것을 랍비에게 알려 주고, 겉모습을 가꾸도록 도움을 줄 것이다.

▪ 예시2 만약 내가 공주라면 훌륭한 랍비를 존중하고 스승으로 모셨을 것이다.

위에 쓴 답을 옮겨 쓰며 한 편의 글을 완성해 보세요.

▪ 예시1 랍비는 공주에게 겉모습이 보잘것없더라도 무시해서는 안 된다는 것을 알려 주고 싶었다. 나는 겉모습이 중요하다고 생각한다. 왜냐하면 사람의 이미지는 우선 겉모습으로 평가되고 능력이 같다면 겉모습이 더 나은 사람을 선택하기 때문이다. 만약 내가 공주라면 겉모습도 중요하다는 것을 랍비에게 알려 주고 겉모습을 가꾸도록 도움을 줄 것이다.

▪ 예시2 랍비는 공주에게 겉모습이 보잘것없더라도 무시해서는 안 된다는 것을 알려 주고 싶었다. 나는 겉모습이 중요하지 않다고 생각한다. 왜냐하면 처음에는 겉모습에 호감을 가지지만 시간이 흐르면 착한 마음과 지혜가 더 중요하다는 것을 알기 때문이다. 만약 내가 공주라면 훌륭한 랍비를 존중하고 스승으로 모셨을 것이다.

새는 정말 잘못했을까요

질문! 꼬리 달기

〈날개 사용법을 모르는 새〉 이야기에서 신은 새를 어리석다고 말했습니다. 신이 새에게 어리석다고 말을 한 이유를 찬찬히 되짚어 보고, 과연 새가 어리석기만 한 것인지 의견을 나누어 봅니다. 또한 3개 질문의 답이 되는 문장에 밑줄을 그으면서 이야기의 핵심 내용을 파악해 보도록 합니다. 아래 '질문 더하기' 속 다양한 질문들에 대답해 보며 좀 더 깊이 들어가 봅니다.

질문 더하기 ✚

○ 새는 다른 동물들이 가지고 있는 무기들을 어떻게 발견했을까?
○ 새는 신이 있다는 것을 어떻게 알았을까?
○ 새가 등에 무거운 날개를 짊어지고 빨리 달릴 수 없었던 이유는 무엇일까?

뜻풀이

만물
세상에 있는 모든 것.

일리
어떤 면에서 그런대로 타당하다고 생각되는 이치.

하소연하다
억울한 일이나 잘못된 일, 딱한 사정 따위를 말하다.

 **생각! 꼬리 물기**

〈날개 사용법을 모르는 새〉 이야기에서 새는 잘못한 점이 많이 드러나 보입니다. 그러나 다시 꼼꼼히 살펴보면 잘못한 것보다 잘한 것이 더 많이 보이기도 합니다. 이야기의 주인공이 되어 질문을 해 보고, 입장을 바꾸어 생각하다 보면 미처 보이지 않던 것도 보이게 된답니다.

새는 정말 잘못했을까요?

잘못했다

불평이 많으면 자신의 장점을 보기 어렵습니다. 새는 손처럼 쓸 수 있는 부리도 있고, 사나운 다른 동물들로부터 빠르게 도망칠 정도로 충분한 능력을 갖추고 있는데 불평이 많았습니다. 신에게 날개를 받고 어떻게 사용하는지 물어보지도 않았지요. 결국은 날개를 사용할 수 없었고, 신에게 하소연하며 날개를 준 이유를 물었습니다. 그러므로 어리석고 잘못했다고 볼 수 있습니다.

잘못하지 않았다

새는 불평을 한 것이 아니라 문제점을 발견했습니다. 다른 동물들이 가진 장점과 비교하여 자신이 가지지 못한 것도 빨리 파악을 했습니다. 그리고 자신의 문제를 해결해 줄 신에게 달려갔습니다. 새가 날개 사용법을 몰랐던 것은 노력을 안 해서가 아니라 애초에 난다는 것이 무엇인지 몰랐기 때문입니다. 새 이전에는 어떤 동물도 날지 못했으니까요.

글쓰기! 꼬리 잡기 예시 답안

1 신이 새에게 날개를 준 까닭은 무엇인가요?

> **예시1** 신은 새에게 날개를 활짝 펴고 하늘 높이 자유롭게 날아오르라고 날개를 주었다.

2 날개 사용법을 모르는 새는 정말 잘못했을까요?

> **예시1** 나는 날개 사용법을 모르는 새가 잘못했다고 생각한다. 왜냐하면 신에게 날개를 어떻게 사용해야 하는지 물어보지 않았기 때문이다.

> **예시2** 나는 날개 사용법을 모르는 새가 잘못하지 않았다고 생각한다. 왜냐하면 자신이 필요한 것을 얻기 위해 신을 찾아가는 용기가 있었기 때문이다.

3 만약 자신이 새 또는 신이라면 어떻게 했을까요?

> **예시1** 만약 내가 새라면 신에게 날개를 어떻게 사용하는지 물어보았을 것이다.

> **예시2** 만약 내가 신이라면 처음부터 새에게 날개를 달아 주었을 것이다.

위에 쓴 답을 옮겨 쓰며 한 편의 글을 완성해 보세요.

> **예시1** 신은 새에게 날개를 활짝 펴고 하늘 높이 자유롭게 날아오르라고 날개를 주었다. 나는 날개 사용법을 모르는 새가 잘못했다고 생각한다. 왜냐하면 신에게 날개를 어떻게 사용해야 하는지 물어보지 않았기 때문이다. 만약 내가 새라면 신에게 날개를 어떻게 사용하는지 물어보았을 것이다.

> **예시2** 신은 새에게 날개를 활짝 펴고 하늘 높이 자유롭게 날아오르라고 날개를 주었다. 나는 날개 사용법을 모르는 새가 잘못하지 않았다고 생각한다. 왜냐하면 자신이 필요한 것을 얻기 위해 신을 찾아가는 용기가 있었기 때문이다. 만약 내가 신이라면 처음부터 새에게 날개를 달아 주었을 것이다.

노예에게
배울 점은 무엇인가요

노예에게
배울 점은 무엇인가요

지혜롭고 성실한 노예가 있었어요. 노예는 주인에게 그동안 한 일을 인정받아 자유의 몸이 되었지요. 노예는 새로운 삶을 살기 위해 먼 곳으로 떠나는 배를 탔어요. 배가 바다 한가운데를 지날 때쯤이었어요. 갑자기 폭풍우가 몰아쳐 배가 뒤집히고 말았어요. 바다에 빠진 노예는 가까스로 헤엄쳐 어느 작은 섬에 다다랐어요. 그런데 섬나라 사람들은 기다렸다는 듯 노예를 반갑게 맞이했습니다.

"임금님, 만세! 임금님, 만만세!"

노예는 얼떨결에 섬나라 왕이 되어 *융숭한 대접을 받았어요. 며칠 뒤, 노예는 한 신하에게 어찌하여 자기가 이 섬나라 왕이 되었는지를 물었지요. 그러자 신하가 대답했습니다.

❶"우리 섬나라는 바다에서 떠밀려 온 사람을 1년 동안만 왕으로 모십니다. 1년이 지난 뒤에는 저 멀리에 있는 무인도로 떠나보내지요."

노예는 무인도로 떠나보낸다는 말에 깜짝 놀랐어요.

❷노예는 1년 뒤 어떻게 살아야 할지 궁리하다가 무인도를 미리 가꾸기로 했어요. 왕으로 있는 동안 섬나라 일꾼들을 무인도에 데리고 가 우물을 파고, 집을 짓고, 과일나무도 심었지요. 무인도는 점차 풍요롭게 바뀌었습니다.

1년 뒤 노예는 예정대로 무인도로 보내졌어요. ❸무인도는 꽃과 나무들이 무성한 낙원과도 같았지요. 이 소식을 들은 사람들은 노예가 있는 무인도에 점차 모여들었고, 노예와 섬에 찾아온 사람들 모두 행복하게 살았답니다.

*융숭하다: 상대를 대하는 태도가 정중하고 정성을 다하다.

질문! 꼬리 달기

이야기를 읽고, 다음 질문의 답이 있는 문장을 찾아 밑줄을 그어 보세요.

❶ 노예가 다다른 섬나라는 누구를 왕으로 모시며, 1년이 지나면 어떻게 하나요?
❷ 1년이 지난 뒤에 무인도로 떠나보낸다는 것을 알게 된 노예는 어떤 생각을 했나요?
❸ 1년 뒤 노예가 보내진 무인도는 어떠했나요?

질문! 꼬리 달기

〈왕이 된 노예〉 이야기에 나오는, 신분이 낮은 노예가 왕이 되기까지 어떤 과정이 있었는지 한 문장 한 문장 소리 내어 읽어 보도록 합니다. 현재 어려운 상황에 처해 있더라도 어떻게 앞날을 준비해야 하는지 지혜를 얻을 수 있습니다. 3개 질문의 답이 되는 문장에 밑줄을 그으면서 내용을 다시 파악해 보도록 합니다. '질문 더하기'의 질문에 답하며 이야기를 더욱더 풍부하게 읽을 수 있습니다.

질문 더하기 ➕

○ 노예는 성실하게 일하면 자유의 몸이 될 것이라는 것을 알았을까?
○ 바다에서 떠밀려 온 사람을 왕으로 모시는 섬나라가 실제 있을까?
○ 1년이면 모시던 왕을 무인도로 보내는 이유는 무엇일까?
○ 그동안 무인도로 보내진 사람들은 어떻게 되었을까?

뜻풀이

융숭하다
상대를 대하는 태도가 정중하고 정성을 다하다.

무인도
사람이 살지 않는 섬.

낙원
아무런 괴로움이나 고통이 없이 안락하게 살 수 있는 즐거운 곳.

생각! 꼬리 물기

〈왕이 된 노예〉 이야기에 나오는 노예에게는 배울 점이 많습니다. 신분이 낮을 때에도 노예는 주인에게 인정을 받을 정도로 자기 일에 최선을 다했습니다. 또한 자유의 몸이 되어서는 새로운 세상에 대해 모험심도 가졌습니다. 노예가 바다에 빠지기도 하고, 왕이 되기도 하며, 무인도로 보내지는 과정에서 노예의 강점을 찾아보면 좋겠습니다.

노예에게 배울 점은 무엇인가요?

앞날을 준비하는 계획성

어떤 상황이라도 미래에 대한 계획이 있다면 희망으로 가득 찹니다. 노예들은 대부분 수동적으로 주어진 일만 할 텐데, 〈왕이 된 노예〉에 나오는 노예는 성실했으며, 앞날을 계획하고 적극적으로 생활합니다. 그 결과 노예에서 자유의 몸이 되었고, 죽음의 땅인 무인도를 풍요롭게 만들어 살아남을 수 있게 된 것이 이 노예에게 배울 가장 큰 장점이겠지요.

자만하지 않고 겸손한 태도

최고의 자리에 오르면 대부분 그 자리에 취해서 자만하기 쉽습니다. 다음 일을 잘 생각하기 어렵죠. 성공해서 최고가 된 사람들이 그 자리를 잘 지키지 못하는 이유입니다. 〈왕이 된 노예〉에 나오는 노예는 왕이 되었다고 자만하지 않고 그 자리에 도취하지 않았습니다. 아마 이전에 왕이 된 자들은 마음껏 그 자리를 자만하고 누리다가 결국은 무인도에서 비참한 최후를 맞은 듯합니다.

글쓰기! 꼬리 잡기 예시 답안

1 노예는 1년 뒤 섬나라로 보내질 것을 대비해 어떻게 했나요?

　예시　 노예는 1년 뒤 섬나라로 보내질 것을 대비해 무인도를 미리 가꾸기로 했다.

2 노예에게 배울 점은 무엇인가요?

　예시1　 나는 노예에게 앞날을 준비하는 계획성을 배워야 한다고 생각한다. 왜냐하면 그 덕분에 무인도를 낙원으로 바꾸어서 행복하게 살았기 때문이다.

　예시2　 나는 노예에게 자만하지 않고 겸손한 태도를 배워야 한다고 생각한다. 왜냐하면 왕이 된 것에 자만하고 욕심을 내었으면 무인도로 가서 죽을 수도 있었기 때문이다.

3 만약 자신이 노예라면 앞으로 어떻게 살 것 같나요?

　예시1　 만약 내가 노예라면 무인도의 왕이 되어 자신을 추방한 섬나라와도 잘 지낼 것이다.

　예시2　 만약 내가 노예라면 또 다른 곳에 가서 더 재미나는 일을 만들 것이다.

위에 쓴 답을 옮겨 쓰며 한 편의 글을 완성해 보세요.

　예시1　 노예는 1년 뒤 섬나라로 보내질 것을 대비해 무인도를 미리 가꾸기로 했다. 나는 노예에게 앞날을 준비하는 계획성을 배워야 한다고 생각한다. 왜냐하면 그 덕분에 무인도를 낙원으로 바꾸어서 행복하게 살았기 때문이다. 만약 내가 노예라면 무인도의 왕이 되어 자신을 추방한 섬나라와도 잘 지낼 것이다.

　예시2　 노예는 1년 뒤 섬나라로 보내질 것을 대비해 무인도를 미리 가꾸기로 했다. 나는 노예에게 자만하지 않고 겸손한 태도를 배워야 한다고 생각한다. 왜냐하면 왕이 된 것에 자만하고 욕심을 내었으면 무인도로 가서 죽을 수도 있었기 때문이다. 만약 내가 노예라면 또 다른 곳에 가서 더 재미나는 일을 만들 것이다.

누구를 위해 등불을 들었을까요

질문! 꼬리 달기

〈앞 못 보는 사람과 등불〉 이야기는 앞을 잘 못 보는 사람들의 입장에서 '배려'는 어떤 것인지 알아보는 내용입니다. 앞을 보지 못하는 사람은 밤에 등불이 필요 없지요. 그런데 왜 등불을 들고 다니는지 3개 질문의 답이 되는 문장에 밑줄을 그어 보면서 이야기를 나누어 보도록 합니다. 내용을 더 깊게 파악하기 위해 '질문 더하기'의 질문도 답해 보세요.

질문 더하기 ✚

○ 앞 못 보는 사람은 밤에 어디를 가려고 나온 것일까?

○ 앞 못 보는 사람은 왜 눈이 보이지 않게 되었을까?

○ 나를 알아본다는 것은 어떤 의미로 한 말일까?

○ 다른 사람이 알아볼 수 있게 하기 위해서 등불 대신 들 수 있는 것이 있을까?

뜻풀이

문득

❶ 생각이나 느낌 따위가 갑자기 떠오르는 모양.

❷ 어떤 행위가 갑자기 이루어지는 모양.

 **생각! 꼬리 물기**

등장인물의 마음을 헤아리며 이야기를 읽지 않으면 많은 것을 알 수 있는 데도 놓치고 맙니다. 그런 의미에서 〈앞 못 보는 사람과 등불〉 이야기도 서로의 생각을 이야기하기에 좋은 내용입니다. 자신을 위하는 것이 곧 타인을 위하는 것이고, 타인을 위하는 것이 결국은 자기 자신을 위하는 일이라는 교훈도 잘 생각해 봅니다.

앞 못 보는 사람은 누구를 위해 등불을 들었을까요?

눈 뜬 사람들

남을 돕는 일이 나를 돕는 일입니다. 앞 못 보는 사람은 밤에 등불이 필요 없습니다. 하지만 캄캄한 밤에 등불을 들고 가면 잠깐만이라도 눈 뜬 다른 사람들에게 도움을 줄 수 있을 것입니다. 그런 의미에서 앞 못 보는 사람이 캄캄한 밤에 든 등불은 자기 자신이 아닌, 눈 뜬 다른 사람들을 배려하기 위해서입니다.

자기 자신

자기를 돕는 일이 남을 돕는 일입니다. 앞 못 보는 사람이 들고 가는 등불은 바로 앞만 밝히고 있으므로, 눈 뜬 사람들이 부딪히지 않게 하려는 것이자 자기 자신을 보호하기 위해서입니다. 캄캄한 밤에 일을 하는 사람들이 자신을 보호하기 위해 야광 옷이나 표식이 있는 옷을 입는 것처럼요.

글쓰기! 꼬리 잡기 예시 답안

① 앞 못 보는 사람이 등불을 들고 다니는 이유는 무엇인가요?

> ▌예시 앞 못 보는 사람은 캄캄한 밤에 눈 뜬 사람들이 자기를 알아보게 하려고 등불을 들고 다녔다.

② 앞 못 보는 사람은 누구를 위해 등불을 들었을까요?

> ▌예시1 나는 앞 못 보는 사람이 눈 뜬 사람들을 위해 등불을 들었다고 생각한다. 왜냐하면 자신은 밤에 등불이 필요 없기 때문이다.

> ▌예시2 나는 앞 못 보는 사람이 자기 자신을 위해 등불을 들었다고 생각한다. 왜냐하면 자기 앞을 밝히고 있으므로 사람들이 와서 부딪히지 않을 수 있기 때문이다.

③ 만약 자신이 앞 못 보는 사람이라면 어떻게 했을까요?

> ▌예시1 만약 내가 앞 못 보는 사람이라면 밤에는 될 수 있으면 나가지 않을 것이다.

> ▌예시2 만약 내가 앞 못 보는 사람이라면 등불보다 가볍고 편리한 손전등을 들고 다닐 것이다.

> ▌예시3 만약 내가 앞 못 보는 사람이라면 등불을 들고 가는 것은 위험하므로 방울을 들고 다닐 것이다.

위에 쓴 답을 옮겨 쓰며 한 편의 글을 완성해 보세요.

▌예시1 앞 못 보는 사람은 캄캄한 밤에 눈 뜬 사람들이 자기를 알아보게 하려고 등불을 들고 다녔다. 나는 앞 못 보는 사람이 눈 뜬 다른 사람들을 위해 등불을 들었다고 생각한다. 왜냐하면 자신은 밤에 등불이 필요 없기 때문이다. 만약 내가 앞 못 보는 사람이라면 밤에는 될 수 있으면 나가지 않을 것이다.

▌예시2 앞 못 보는 사람은 캄캄한 밤에 눈 뜬 사람들이 자기를 알아보게 하려고 등불을 들고 다녔다. 나는 앞 못보는 사람이 자기 자신을 위해 등불을 들었다고 생각한다. 왜냐하면 자기 앞을 밝히고 있으므로 사람들이 와서 부딪히지 않을 수 있기 때문이다. 만약 내가 앞 못 보는 사람이라면 등불보다 가볍고 편리한 손전등을 들고 다닐 것이다.

학은 큰 상을 받을 수 있을까요

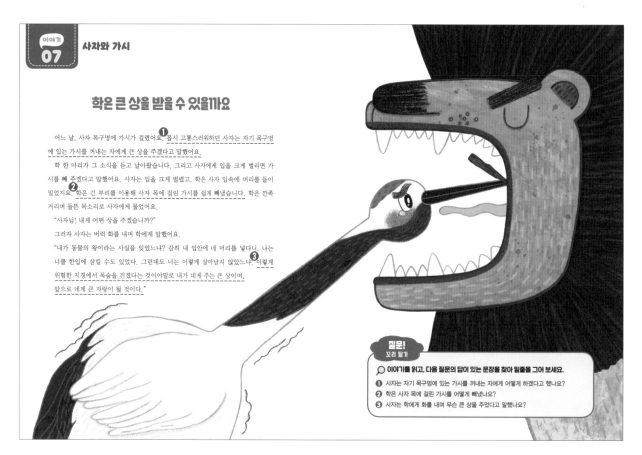

이야기 07 사자와 가시

학은 큰 상을 받을 수 있을까요

어느 날, 사자 목구멍에 가시가 걸렸어요.❶ 몹시 고통스러워하던 사자는 자기 목구멍에 있는 가시를 꺼내는 자에게 큰 상을 주겠다고 말했어요.

학 한 마리가 그 소식을 듣고 날아왔습니다. 그리고 사자에게 입을 크게 벌리면 가시를 빼 주겠다고 말했어요. 사자는 입을 크게 벌렸고, 학은 사자 입속에 머리를 들이밀었지요.❷ 학은 긴 부리를 이용해 사자 목에 걸린 가시를 쉽게 빼냈습니다. 학은 깐족거리며 들뜬 목소리로 사자에게 물었어요.

"사자님! 내게 어떤 상을 주겠습니까?"

그러자 사자는 버럭 화를 내며 학에게 말했어요.

"내가 동물의 왕이라는 사실을 잊었느냐? 감히 내 입안에 네 머리를 넣다니. 나는 너를 한입에 삼킬 수도 있었다. 그런데도 너는 이렇게 살아남지 않았느냐.❸ 이렇게 위험한 지경에서 목숨을 건졌다는 것이야말로 내가 네게 주는 큰 상이며, 앞으로 네게 큰 자랑이 될 것이다."

질문! 꼬리 달기

🔍 이야기를 읽고, 다음 질문의 답이 있는 문장을 찾아 밑줄을 그어 보세요.

❶ 사자는 자기 목구멍에 있는 가시를 꺼내는 자에게 어떻게 하겠다고 했나요?
❷ 학은 사자 목에 걸린 가시를 어떻게 빼냈나요?
❸ 사자는 학에게 화를 내며 무슨 큰 상을 주었다고 말했나요?

질문! 꼬리 달기

〈사자와 가시〉는 아찔하면서도 흥미 있는 이야기입니다. 목에 가시가 걸린 사자는 얼마나 답답했을까요? 그래서 가시를 빼 주는 자에게 큰 상을 내리기로 합니다. 학이 날아와 사자 목에 걸린 가시를 빼 주었는데 어떤 일이 일어났을까요? 질문에 답이 되는 문장에 밑줄을 그으면서 내용을 파악해 보고 이야기를 나누어 보도록 합니다.

질문 더하기 ➕

○ 사자는 어떤 상을 주려고 했을까?
○ 사자는 왜 화가 났을까?
○ 화가 난 사자를 본 학의 기분은 어땠을까?
○ 학이 사자 목에 걸린 가시를 빼 주지 않았다면 사자는 어떻게 되었을까?

뜻풀이

가시
❶ 물고기의 잔뼈.
❷ 살에 박힌 나무 따위의 가늘고 뾰족한 거스러미.

지경
'경우'나 '형편', '정도'의 뜻을 나타내는 말.

깐족거리다
쓸데없는 소리를 밉살스럽고 짓궂게 달라 붙어 계속 지껄이다.

생각! 꼬리 물기

〈사자와 가시〉 이야기를 읽어 보면 학의 입장에서는 참 어이가 없겠지요? 학은 목숨을 걸고 사자 목에 걸린 가시를 빼내어 주었잖아요. 게다가 큰 상을 바라고 있었는데 오히려 사자가 화를 내며 호통을 치고 있으니 말입니다. 상을 바라고 선행을 한 학과, 약속을 어긴 사자 가운데 누가 더 잘못했을지 의견을 나누어 봅니다.

학은 큰 상을 받을 수 있을까요?

있다

약속은 반드시 지켜야 합니다. 사자는 어떤 상황이든지 간에 약속을 했으면 당연히 학에게 상을 주어야 합니다. 그러므로 약속을 지키지 않은 사자의 잘못이 큽니다. 게다가 목에 계속 가시가 걸려 있었으면 어떻게 되었을까요? 학이 용기를 내어 사자 입안에 머리를 넣어 가시를 빼낸 일은 큰 상을 받아야 합니다.

없다

일은 끝날 때까지 준비를 해야 합니다. 학이 가시를 빼 주었다는 상황에 도취되어서 사자가 맹수이고 동물의 왕이라는 것을 깜빡했습니다. 게다가 아직 가시가 낸 상처 때문에 목이 아픈 사자에게 학이 괜찮은지 먼저 묻지도 않고 상부터 달라고 했으니 사자의 심기를 건드렸습니다. 사자 말대로 목숨을 부지한 것 자체가 큰 상이 아닐 수 없습니다.

글쓰기! 꼬리 잡기 예시 답안

1 사자는 자기 목에 있는 가시를 빼 준 학에게 무슨 큰 상을 주었나요?

■ 예시 사자는 자기 목에 있는 가시를 빼 준 학에게 내 입안에 머리를 넣은 위험한 지경에서 목숨을 건졌다는 것이야말로 큰 상이라고 했다.

2 학은 사자에게 큰 상을 받을 수 있을까요?

■ 예시1 나는 학이 사자에게 큰 상을 받을 수 있다고 생각한다. 왜냐하면 상을 주겠다고 한 약속은 반드시 지켜야 하기 때문이다.

■ 예시2 나는 학이 사자에게 큰 상을 받을 수 없다고 생각한다. 왜냐하면 사자를 걱정하기보다는 큰 상을 받는 것에 마음이 앞섰기 때문이다.

3 만약 자신이 사자 또는 학이라면 어떻게 했을까요?

■ 예시1 만약 내가 사자라면 당연히 학에게 큰 상을 내렸을 것이다.

■ 예시2 만약 내가 학이라면 가시를 빼 주고 얼른 도망갔을 것이다.

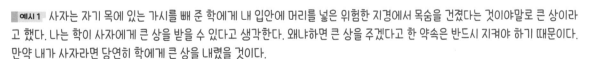

■ 예시1 사자는 자기 목에 있는 가시를 빼 준 학에게 내 입안에 머리를 넣은 위험한 지경에서 목숨을 건졌다는 것이야말로 큰 상이라고 했다. 나는 학이 사자에게 큰 상을 받을 수 있다고 생각한다. 왜냐하면 큰 상을 주겠다고 한 약속은 반드시 지켜야 하기 때문이다. 만약 내가 사자라면 당연히 학에게 큰 상을 내렸을 것이다.

■ 예시2 사자는 자기 목에 있는 가시를 빼 준 학에게 내 입안에 머리를 넣은 위험한 지경에서 목숨을 건졌다는 것이야말로 큰 상이라고 했다. 나는 학이 사자에게 큰 상을 받을 수 없다고 생각한다. 왜냐하면 사자를 걱정하기보다는 큰 상을 받는 것에 마음이 앞섰기 때문이다. 만약 내가 학이라면 가시를 빼 주고 얼른 도망갔을 것이다.

누가 더 잘못했을까요

배에 구멍을 낸 사나이

누가 더 잘못했을까요

많은 사람들을 태운 배가 항구를 떠나 바다 한가운데로 향했어요. 배에 탄 사람들은 서로 처음 만난 데다 하는 일도 모두 달랐지만 같은 배에 탄 만큼 서로 이야기를 나누며 금새 친해졌어요. 그러던 중 어디선가 이상한 소리가 들려왔어요. ❶사람들이 소리 나는 곳을 찾아가 보니 한 사나이가 배 바닥을 *끌로 긁으며 구멍을 내고 있는 게 아니겠어요?

"아니, 지금 뭐 하는 거요? 나무로 된 배의 바닥을 긁고 있다니! 우리 모두를 죽일 셈이오?"

사람들은 깜짝 놀라 사나이를 향해 아우성을 쳤어요. 하지만 그는 태연하게 말했지요. ❷"여기는 내 자리니 내가 무슨 짓을 하든 상관없지 않소?"

사람들이 사나이를 말렸지만 소용없었지요. 그는 배 바닥을 계속 긁어내며 구멍을 뚫었어요. 시간이 흐를수록 구멍이 점점 커지더니 구멍 사이로 바닷물이 새어 들어오기 시작했어요. ❸곧 배 바닥부터 물이 차올랐고, 얼마 지나지 않아 배는 사람들과 함께 바닷속으로 가라앉아 버렸답니다.

*끌: 망치로 한쪽 끝을 때려서 나무에 구멍을 뚫거나 겉면을 깎고 다듬는 데 쓰는 도구.

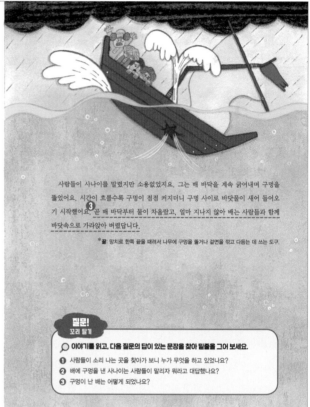

질문! 꼬리 달기

🔍 이야기를 읽고, 다음 질문의 답이 있는 문장을 찾아 밑줄을 그어 보세요.

❶ 사람들이 소리 나는 곳을 찾아가 보니 누가 무엇을 하고 있었나요?
❷ 배에 구멍을 낸 사나이는 사람들이 말리자 뭐라고 대답했나요?
❸ 구멍이 난 배는 어떻게 되었나요?

질문! 꼬리 달기

〈배에 구멍을 낸 사나이〉 이야기에서 사나이가 한 행동은 참 어처구니가 없습니다. 배 안에서 바닥을 끌로 파다가 배가 가라앉아서 모두 다 죽게 되다니 말입니다. 어쩌다가 이런 일이 일어났는지 3개 질문의 답이 되는 문장에 밑줄을 그으면서 내용을 파악해 보도록 합니다. 그리고 또 다른 질문으로 더 많은 내용을 이해해 보세요.

질문 더하기 ✚

○ 그 사나이는 왜 배에 구멍을 내었을까?
○ 사람들은 왜 끝까지 말리지 않았을까?
○ 배가 가라앉을 때 그 사나이는 어떤 생각을 했을까?

뜻풀이

끌
망치로 한쪽 끝을 때려서 나무에 구멍을 뚫거나 겉면을 깎고 다듬는 데 쓰는 도구.

태연하다
마땅히 머뭇거리거나 두려워할 상황에서 태도나 기색이 아무렇지도 않은 듯이 예사롭다.

 **생각! 꼬리 물기**

〈배에 구멍을 낸 사나이〉 이야기에서 어쩌다가 배가 가라앉는 결과까지 낳게 되었는지 찬찬히 살펴봅니다. 배가 바닷속으로 가라앉으면서 많은 사람들이 죽게 되었는데, 이런 끔찍한 비극이 왜 생기게 되었을까요? 사소한 일이 어떻게 큰일을 만들게 되는지 서로 의견을 나눠 봅니다.

사나이와 사람들 중 누가 더 잘못했을까요?

배에 구멍을 낸 사나이

자기 자리라고 마음대로 나무로 된 배의 바닥을 긁어낸다는 것은 지극히 비상식적입니다. 자리에 대한 값을 지불했으니까 자기 것이라고 하는 논리도 맞지 않습니다. 사나이는 배가 목적지에 도착할 때까지 자리를 빌린 것뿐입니다. 그러므로 배에 구멍을 낸 사람이 잘못한 것입니다. 설사 배가 자기 것이더라도 다른 사람들의 목숨은 물론 자기 목숨조차 위험하게 하는 행위는 잘못입니다.

배에 탄 사람들

배에 탄 사람들 그리고 이야기에는 나오지 않지만 선장과 선원들의 잘못이 더 큽니다. 이야기 속 사나이는 논리적이지 않고 비정상적입니다. 비정상적인 사람을 그대로 방치해서 결국 큰일을 당하게 되었으니, 주변 사람들의 잘못도 매우 큽니다. 특히 선장은 선원들과 승객들의 안전을 책임져야 함에도 아무런 대책을 세우지 않았으므로 큰 잘못을 저지르고 있는 것입니다.

글쓰기! 꼬리 잡기 예시 답안

1 배는 왜 바닷속으로 가라앉아 버렸나요?

> **예시** 한 사나이가 배 바닥에 구멍을 내어 물이 차올랐기 때문에 배는 바닷속으로 가라앉아 버렸다.

2 배에 구멍을 낸 사나이와 배에 탄 사람들 중 누가 더 잘못했을까요?

> **예시 1** 나는 배에 구멍을 낸 사나이가 더 잘못했다고 생각한다. 왜냐하면 그 사나이의 행동으로 배가 바닷속에 가라앉아 버렸기 때문이다.

> **예시 2** 나는 배에 탄 사람들이 더 잘못했다고 생각한다. 왜냐하면 사나이가 아주 잘못된 행동을 하고 있음에도 적극적으로 말리지 않기 때문이다.

3 만약 자신이 배에 구멍을 낸 사나이 또는 배에 탄 사람들이라면 어떻게 했을까요?

> **예시 1** 만약 내가 배에 구멍을 뚫은 사나이라면 왜 배에 구멍을 내고 싶은지, 그 결과는 어떻게 될 것인지 다시 생각해 볼 것이다.

> **예시 2** 만약 내가 배에 탄 사람들이라면 배가 목적지에 도착할 때까지 사나이를 꽁꽁 묶어 둘 것이다.

위에 쓴 답을 옮겨 쓰며 한 편의 글을 완성해 보세요.

> **예시 1** 한 사나이가 배 바닥에 구멍을 내어 물이 차올랐기 때문에 배는 바닷속으로 가라앉아 버렸다. 나는 배에 구멍을 낸 사나이가 더 잘못했다고 생각한다. 왜냐하면 그 사람의 행동으로 배가 바닷속에 가라앉아 버렸기 때문이다. 만약 내가 배에 구멍을 낸 사나이라면 왜 배에 구멍을 내고 싶은지, 그 결과는 어떻게 될 것인지 다시 생각해 볼 것이다.

> **예시 2** 한 사나이가 배 바닥에 구멍을 내어 물이 차올랐기 때문에 배는 바닷속으로 가라앉아 버렸다. 나는 배에 탄 사람들이 더 잘못했다고 생각한다. 왜냐하면 사나이가 아주 잘못된 행동을 하고 있음에도 적극적으로 말리지 않기 때문이다. 만약 내가 배에 탄 사람들이라면 배가 목적지에 도착할 때까지 사나이를 꽁꽁 묶어 둘 것이다.

사람은 꼭 나누며
살아야 할까요

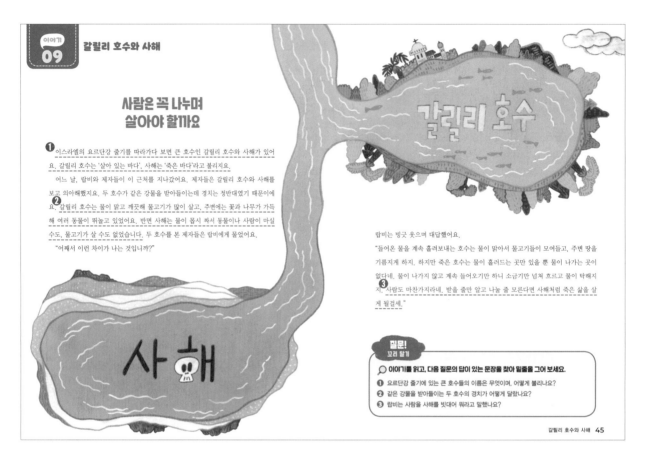

이야기

09 갈릴리 호수와 사해

사람은 꼭 나누며
살아야 할까요

❶ 이스라엘의 요르단강 줄기를 따라가다 보면 큰 호수인 갈릴리 호수와 사해가 있어요. 갈릴리 호수는 '살아 있는 바다', 사해는 '죽은 바다'라고 불리지요.

어느 날, 랍비와 제자들이 이 근처를 지나갔어요. 제자들은 갈릴리 호수와 사해를 보고 의아해했지요. 두 호수가 같은 강물을 받아들이는데 경치는 정반대였기 때문이에요. ❷ 갈릴리 호수는 물이 맑고 깨끗해 물고기가 많이 살고, 주변에는 꽃과 나무가 가득해 여러 동물이 뛰놀고 있었어요. 반면 사해는 물이 몹시 짜서 동물이나 사람이 마실 수도, 물고기가 살 수도 없었습니다. 두 호수를 본 제자들은 랍비에게 물었어요.

"어째서 이런 차이가 나는 것입니까?"

랍비는 빙긋 웃으며 대답했어요.

"들어온 물을 계속 흘려보내는 호수는 물이 맑아서 물고기들이 모여들고, 주변 땅을 기름지게 하지. 하지만 죽은 호수는 물이 흘러드는 곳만 있을 뿐 물이 나가는 곳이 없다네. 물이 나가지 않고 계속 들어오기만 하니 소금기만 넘쳐 흐르고 물이 탁해지지. ❸ 사람도 마찬가지라네. 받을 줄만 알고 나눌 줄 모른다면 사해처럼 죽은 삶을 살게 될걸세."

질문! 꼬리 달기

🔍 이야기를 읽고, 다음 질문의 답이 있는 문장을 찾아 밑줄을 그어 보세요.
❶ 요르단강 줄기에 있는 큰 호수들의 이름은 무엇이며, 어떻게 불리나요?
❷ 같은 강물을 받아들이는 두 호수의 경치가 어떻게 달랐나요?
❸ 랍비는 사람을 사해에 빗대어 뭐라고 말했나요?

갈릴리 호수와 사해 **45**

질문! 꼬리 달기

〈갈릴리 호수와 사해〉는 이스라엘에 있는 '갈릴리 호수'와 '사해'에 관한 이야기입니다. 사해는 호수인데도 바다처럼 넓어서 '사해'라고 불립니다. 갈릴리 호수는 이스라엘의 중요한 물 자원이고, 사해는 말 그대로 물이 너무 짜서 마실 수도 없고 생명체도 살지 못합니다. 사해가 왜 그렇게 되었는지 생각해 보고, 갈릴리 호수와 사해에 비유되는 사람은 어떤 사람인지 의견을 나누어 봅니다. 또 질문에 답이 되는 문장에 밑줄을 그어 보세요.

질문 더하기 ✚

○ 이스라엘 사람들에게 갈릴리 호수는 어떤 의미일까?
○ 사해는 왜 물이 썩지 않고 짜게 되었을까?
○ 갈릴리 호수가 비유하는 사람들은 어떤 사람들일까?

뜻풀이

요르단강
서아시아 요르단 서쪽을 흐르는 강. 안티레바논산맥 남부의 헤르몬산에서 시작하여 사해로 흘러든다. 길이는 320km.

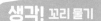 **생각! 꼬리 물기**

사람은 혼자서는 살 수 없다고 하지요? 우리는 누군가의 도움을 받으며 살아갑니다. 반대로 누군가를 돕기도 하지요. 서로 도우며 사는 것은 너무나 자연스러운 일입니다. 하지만 모든 사람들을 늘 도우며 살아야 하는 것은 아니지 않을까요? 서로 이야기를 나누어 봅니다.

사람은 꼭 나누며 살아야 할까요?

꼭 나누며 살아야 한다

다른 사람들과 나누며 사는 것은 당연한 일입니다. 인간은 태어나는 순간부터 부모의 도움을 받았으며 혼자서 살 수 없지요. 세상의 이치는 돌고 도는 것이랍니다. 내가 남을 돕는다는 것은 결국 나 자신을 돕는 것이 됩니다. 물이 계속 드나드는 갈릴리 호수처럼요.

혼자서도 잘 살 수 있다

사람들은 스스로 일어서야 합니다. 완전한 도움이 필요한 사람이 아니면 돕는다고 하는 것이 오히려 자립심을 방해하는 요소가 될 수도 있습니다. 맡은 일만 책임지고 해낸다면 도움을 받을 것도, 도울 필요도 없습니다.

글쓰기! 꼬리 잡기 예시 답안

1 갈릴리 호수와 사해는 같은 강물을 받아들이는데 왜 경치가 다를까요?

　■예시 갈릴리 호수는 물이 맑고 깨끗해 식물과 여러 동물이 살 수 있고, 사해는 물이 탁하고 몹시 짜서 생명체가 살 수 없다.

2 랍비의 말처럼 사람은 꼭 나누며 살아야 할까요?

　■예시1 나는 사람은 꼭 나누며 살아야 한다고 생각한다. 왜냐하면 나도 도움을 받고 있고, 세상은 서로 도우며 살아야 하기 때문이다.

　■예시2 나는 사람은 혼자서도 잘 살 수 있다고 생각한다. 왜냐하면 자기 역할을 잘한다면 서로 도울 필요가 없기 때문이다.

3 갈릴리 호수 또는 사해 같은 삶 중 어떤 삶을 살고 싶나요?

　■예시1 나는 갈릴리 호수처럼 살고 싶다. 그 이유는 나는 많은 사람들을 돕고 나도 도움을 받으면서 풍요롭고 행복하게 살고 싶기 때문이다.

　■예시2 나는 사해처럼 살고 싶다. 그 이유는 나는 가끔 혼자 있는 것이 좋고, 사해도 갈릴리 호수 못지않게 가치가 큰 호수이기 때문이다.

위에 쓴 답을 옮겨 쓰며 한 편의 글을 완성해 보세요.

　■예시1 갈릴리 호수는 물이 맑고 깨끗해 식물과 여러 동물이 살 수 있고, 사해는 물이 탁하고 몹시 짜서 생명체가 살 수 없다. 나는 사람은 꼭 나누며 살아야 한다고 생각한다. 왜냐하면 나도 도움을 받고 있고, 세상은 서로 도우며 살아야 하기 때문이다. 나는 갈릴리 호수처럼 살고 싶다. 그 이유는 나는 많은 사람들을 돕고 나도 도움을 받으면서 풍요롭고 행복하게 살고 싶기 때문이다.

　■예시2 갈릴리 호수는 물이 맑고 깨끗해 식물과 여러 동물이 살 수 있고, 사해는 물이 탁하고 몹시 짜서 생명체가 살 수 없다. 나는 사람은 혼자서도 잘 살 수 있다고 생각한다. 왜냐하면 자기 역할을 잘한다면 서로 도울 필요가 없기 때문이다. 나는 사해처럼 살고 싶다. 그 이유는 나는 가끔 혼자 있는 것이 좋고, 사해도 갈릴리 호수 못지않게 가치가 큰 호수이기 때문이다.

남자는 더 큰 보답을
해야 할까요

이야기 10 목숨을 구한 작은 선행

남자는 더 큰 보답을
해야 할까요

어느 마을에 작은 보트를 가진 남자가 있었어요. 그는 해마다 봄부터 가을까지 근처 호수에서 가족과 보트를 타며 물놀이나 낚시를 즐겼지요.

어느 해 가을이 끝날 무렵, 남자는 보트를 보관하기 위해 땅 위로 끌어올렸어요. ❶ 그런데 보트 밑바닥에 작은 구멍이 뚫려 있는 게 보였습니다. 어차피 겨울 동안은 보트를 타지 않기 때문에 남자는 대수롭지 않게 생각했지요. 며칠 뒤, 남자는 페인트공을 찾아가 색이 바랜 보트의 페인트칠을 부탁했어요.

이듬해 봄이 왔어요. 유달리 햇볕이 따뜻한 어느 날, 남자의 두 아들은 호수에서 보트를 타게 해 달라고 졸랐어요. 남자는 허락해 주었습니다. ❷ 아이들이 호수로 간 지 두어 시간이 지났을 무렵, 문득 남자는 보트 밑바닥에 구멍이 뚫려 있다는 사실이 떠올랐어요. 남자는 소스라치게 놀라며 급히 호수로 달려갔지요. 그런데 때마침 두 아들이 보트를 끌고 돌아오는 게 아니겠어요?

남자는 두 아들을 꼭 껴안고 감사의 기도를 올렸어요. 놀란 가슴을 가라앉히고 남자는 보트 구석구석을 샅샅이 살폈습니다. 아니나 다를까, 보트에 난 작은 구멍이 메워져 있었어요. 남자는 지난겨울 페인트칠을 부탁한 것이 생각났지요. 그 페인트공이 보트 구멍을 메웠을 거라고 짐작한 남자는 선물을 들고 페인트공을 찾아갔어요.

남자를 본 페인트공은 놀라며 물었어요.
"이미 페인트칠한 값은 받았는데 왜 이런 선물을 주나요?"
남자는 페인트공에게 진심으로 고마워하며 말했어요.
❸ "지난해 우리 집 보트에 페인트칠을 하면서 보트에 난 작은 구멍을 수리해 주었지요? 당신은 페인트칠도 잘해 주었고, 부탁도 하지 않은 보트 구멍까지 말끔하게 손봐 주었습니다. 당신은 손쉽게 그 구멍을 막았겠지만, 당신의 선행 덕분에 오늘 두 아들이 목숨을 구했습니다."

*선행: 착하고 어진 행동.

질문! 꼬리 달기

🔎 이야기를 읽고, 다음 질문의 답이 있는 문장을 찾아 밑줄을 그어 보세요.

❶ 남자는 가을이 끝날 무렵, 보트 밑바닥에서 무엇을 보았나요?
❷ 남자는 왜 급히 두 아들이 있는 호수로 달려갔나요?
❸ 남자는 페인트공에게 진심으로 고마워하며 뭐라고 말했나요?

목숨을 구한 작은 선행 49

질문! 꼬리 달기

〈목숨을 구한 작은 선행〉 이야기에서는 아무 대가를 바라지 않고 보트의 작은 구멍을 수리해 준 페인트공 덕분에 남자의 두 아들은 무사했습니다. 이야기의 남자처럼 작은 일이라고 미뤄 두면 나중에는 기억을 못해 낭패를 볼 수 있습니다. 3개 질문의 답이 되는 문장에 밑줄을 그으면서 찬찬히 이야기 내용을 파악해 봅니다. 또 다른 질문으로 숨어 있는 내용도 알아 보세요.

뜻풀이

선행
착하고 어진 행동.

질문 더하기 ➕

○ 남자는 평소에도 중요한 것을 미뤄 두는 습관이 있었을까?
○ 페인트공은 왜 구멍을 수리해 주었을까?
○ 페인트공은 어떤 선물을 받았을까?
○ 남자가 구멍을 발견했을 때 보트를 수리했다면 어떻게 되었을까?

생각! 꼬리 물기

〈목숨을 구한 작은 선행〉 이야기를 읽고, 보트를 가진 남자가 두 아들을 살린 대가로 페인트공에게 선물뿐만 아니라 더 큰 보답을 해야 하는지 생각해 봅니다. 대부분 사람들은 자기 입장에서만 생각하기 마련입니다. 어떤 일에 대해 서로 다른 입장에서 바라보게 되면 행동과 결과도 달라지게 되지요. 남자의 입장과 페인트공의 입장은 어땠을까요?

남자는 페인트공에게 더 큰 보답을 해야 할까요

해야 한다

만약에 보트를 타고 있는 도중에 물이 새어 들어왔다면 남자의 어린 두 아들이 당황해서 큰 사고가 났을지도 모릅니다. 또 가을에는 작은 구멍이었지만 겨울을 지나면서 어떻게 되었을지 모르는 일입니다. 그러므로 남자는 페인트공에게 두 아들을 살려 준 감사한 마음을 담아 더 큰 보답을 해야 합니다.

안 해도 된다

페인트공은 대가를 바란 게 아니라 늘 하던 대로 성실함을 보여 준 것에 불과합니다. 보트를 수리하는 도중에 작은 구멍을 메워준 일에 너무 과한 보답을 받는다면 페인트공의 입장에서는 부담스럽고 당황스러운 일이 아닐 수 없을 것입니다. 따라서 남자가 더 큰 보답을 하는 것은 페인트공의 마음을 불편하게 할 수 있습니다.

글쓰기! 꼬리 잡기 예시 답안

1 남자는 왜 페인트공에게 선물을 주었나요?

> **예시** 남자는 페인트공이 미리 구멍 난 보트를 수리해서 두 아들의 목숨을 구했기 때문에 페인트공에게 선물을 주었다.

2 남자는 보트의 작은 구멍을 막아 준 페인트공에게 더 큰 보답을 해야 할까요?

> **예시 1** 나는 남자가 페인트공에게 더 큰 보답을 해야 한다고 생각한다. 왜냐하면 페인트공이 메운 작은 구멍이 두 아들의 목숨을 살린 것이나 마찬가지기 때문이다.

> **예시 2** 나는 남자가 페인트공에게 더 큰 보답을 안 해도 된다고 생각한다. 왜냐하면 대가를 바라고 한 것이 아니기 때문에 오히려 페인트공에게 부담이 될 수 있기 때문이다.

3 만약 자신이 남자 또는 페인트공이라면 어떻게 했을까요?

> **예시 1** 만약 내가 남자라면 구멍을 보았을 때 미리 잘 수리해 두었을 것이다.

> **예시 2** 만약 내가 페인트공이라면 마땅히 해야 할 일을 했으므로 가져온 선물도 돌려주었을 것이다.

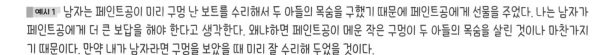

위에 쓴 답을 옮겨 쓰며 한 편의 글을 완성해 보세요.

> **예시 1** 남자는 페인트공이 미리 구멍 난 보트를 수리해서 두 아들의 목숨을 구했기 때문에 페인트공에게 선물을 주었다. 나는 남자가 페인트공에게 더 큰 보답을 해야 한다고 생각한다. 왜냐하면 페인트공이 메운 작은 구멍이 두 아들의 목숨을 살린 것이나 마찬가지기 때문이다. 만약 내가 남자라면 구멍을 보았을 때 미리 잘 수리해 두었을 것이다.

> **예시 2** 남자는 페인트공이 미리 구멍 난 보트를 수리해서 두 아들의 목숨을 구했기 때문에 페인트공에게 선물을 주었다. 나는 남자가 페인트공에게 더 큰 보답을 안 해도 된다고 생각한다. 왜냐하면 대가를 바라고 한 것이 아니기 때문에 오히려 페인트공에게 부담이 될 수 있기 때문이다. 만약 내가 페인트공이라면 마땅히 해야 할 일을 했으므로 가져온 선물도 돌려주었을 것이다.

나무꾼은 정말 현명했을까요

이야기 11 당나귀와 다이아몬드

나무꾼은 정말 현명했을까요

어느 마을에 부지런한 나무꾼이 살았어요. 나무꾼은 산에서 나무를 베어다가 시장에 내다 팔며 돈을 벌었지요. 그런데 일을 끝내고 나면 나무꾼은 매번 녹초가 되었어요. 나무를 베는 산에서 시장까지 거리가 꽤 멀었기 때문이에요.

"혼자서 나무를 지고 나르니 힘이 드는 데다 시간도 많이 허비되는군. 더 많은 나무를 내다 팔려면 아무래도 당나귀가 있어야겠어."

이튿날, 나무꾼은 시장에서 당나귀 한 마리를 샀어요. 나무꾼은 기분 좋게 시냇가로 가서 당나귀를 정성스럽게 씻기기 시작했어요. 그때 당나귀 갈기에서 반짝이는 무언가가 떨어졌어요. 나무꾼은 떨어진 물건을 주워 자세히 살펴보았어요.

❶ "아니, 이건 값비싼 다이아몬드잖아."

나무꾼은 곧장 당나귀를 판 상인을 찾아갔어요. ❷ 나무꾼은 당나귀 갈기에서 떨어진 다이아몬드를 상인에게 돌려주었지요. 그러자 상인이 깜짝 놀라며 물었습니다.

"당신은 이미 당나귀를 사 가지 않았소? 그러니 당나귀에서 나온 다이아몬드도 당신이 가지면 될 텐데 왜 굳이 돌려주는 거요?"

나무꾼은 망설임 없이 대답했어요.

❸ "나는 당나귀를 샀지 다이아몬드를 사지는 않았습니다. 내가 산 것이 아니니 다이아몬드는 돌려주는 것이 마땅합니다."

 질문! 꼬리 달기

🔍 이야기를 읽고, 다음 질문의 답이 있는 문장을 찾아 밑줄을 그어 보세요.
❶ 나무꾼이 시냇가에서 당나귀를 씻길 때 갈기에서 무엇이 떨어졌나요?
❷ 나무꾼은 왜 당나귀를 판 상인을 찾아갔나요?
❸ 나무꾼이 상인에게 다이아몬드를 돌려주는 이유는 무엇인가요?

당나귀와 다이아몬드 55

질문! 꼬리 달기

〈당나귀와 다이아몬드〉는 부지런한 나무꾼이 시장에서 산 당나귀 갈기에서 다이아몬드가 떨어지자 상인에게 돌려준 이야기입니다. 여러분이라면 어떻게 했을 것 같나요? 나무꾼과 상인의 대화를 통해서 무엇을 발견할 수 있는지 살펴보세요. 그리고 3개 질문의 답이 되는 문장에 밑줄을 그어 보며 핵심 내용을 파악해 봅니다. 아래의 추가 질문으로 숨어 있는 내용도 알아봅니다.

질문 더하기 ➕

○ 그 당시 당나귀를 쉽게 살 정도면 나무꾼은 재산이 많았을까?
○ 나무꾼은 다이아몬드를 어떻게 알아봤을까?
○ 다이아몬드를 돌려줄 때 나무꾼은 마음의 갈등은 없었을까?

뜻풀이

허비되다
헛되이 쓰이다.

다이아몬드
천연광물 중에서는 제일 단단하고 광택이 매우 아름다우며, 광선의 굴절률이 커서 반짝거린다. 보석, 연마재, 시추기 또는 유리를 자르는 데 쓴다.

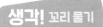

생각! 꼬리 물기

〈당나귀와 다이아몬드〉 이야기는 나무꾼이 새로 산 당나귀 갈기에서 생각지도 않았던 다이아몬드를 얻게 되며 벌어진 일입니다. 상인에게 다이아몬드를 돌려준 나무꾼이 현명한지 아니면 어리석은지를 생각해 보며, 내 것과 내 것이 아닌 것을 어떻게 대해야 하는지 서로 의견을 나눠 봅니다.

나무꾼은 정말 현명했을까요?

현명하다

상인에게 다이아몬드를 돌려준다는 것은 용기가 있는 행동입니다. 이 다이아몬드는 내 손에 들어온 기적과 같은 물건이지요. 그런데 나무꾼은 주저 없이 상인에게 돌려주러 갑니다. 이렇게 정직한 나무꾼은 신뢰를 얻어 크게 성공할 수 있을 것입니다. 나무꾼은 정직한 데다 현명하다고 볼 수 있습니다.

어리석다

당나귀에서 떨어진 다이아몬드가 상인의 것이라는 증거도 없는데 돌려주러 간 나무꾼의 행동은 어리석다고 할 수 있습니다. 상인도 돌려주지 않아도 된다고 말한 것으로 보아 상인의 것이 아닐 수도 있으니까요. 나무꾼이 주운 다이아몬드를 가져도 되는 것이 아닐까요?

글쓰기! 꼬리 잡기 예시 답안

1 당나귀 갈기에서 떨어진 다이아몬드를 발견한 나무꾼은 어떻게 행동했나요?

> **예시** 나무꾼은 당나귀 갈기에서 떨어진 다이아몬드를 주워 상인에게 돌려주었다.

2 상인에게 다이아몬드를 돌려준 나무꾼은 정말 현명했을까요?

> **예시 1** 나는 상인에게 다이아몬드를 돌려준 나무꾼이 현명하다고 생각한다. 왜냐하면 나무꾼의 정직함이 사람들에게 알려져서 더 많은 도움을 받을 수 있기 때문이다.

> **예시 2** 나는 상인에게 다이아몬드를 돌려준 나무꾼이 어리석다고 생각한다. 왜냐하면 다이아몬드를 가져도 되는데 돌려주었기 때문이다.

3 만약 자신이 나무꾼이라면 어떻게 했을까요?

> **예시 1** 만약 내가 나무꾼이라면 다이아몬드를 경찰서에 갖다 주었을 것이다.

> **예시 2** 만약 내가 나무꾼이라면 상인이 다이아몬드를 가져도 된다고 한 것처럼 내가 가질 것이다.

> **예시 3** 만약 내가 나무꾼이라면 내 것이 아니므로 당연히 다이아몬드를 상인에게 돌려주었을 것이다.

위에 쓴 답을 옮겨 쓰며 한 편의 글을 완성해 보세요.

> **예시 1** 나무꾼은 당나귀 갈기에서 떨어진 다이아몬드를 주워 상인에게 돌려주었다. 나는 상인에게 다이아몬드를 돌려준 나무꾼이 현명하다고 생각한다. 왜냐하면 나무꾼의 정직함이 사람들에게 알려져서 더 많은 도움을 받을 수 있기 때문이다. 만약 내가 나무꾼이라면 다이아몬드를 경찰서에 갖다 주었을 것이다.

> **예시 2** 나무꾼은 당나귀 갈기에서 떨어진 다이아몬드를 주워 상인에게 돌려주었다. 나는 상인에게 다이아몬드를 돌려준 나무꾼이 어리석다고 생각한다. 왜냐하면 다이아몬드를 가져도 되는데 돌려주었기 때문이다. 만약 내가 나무꾼이라면 상인이 다이아몬드를 가져도 된다고 한 것처럼 내가 가질 것이다.

여우는 진짜 어리석을까요

이야기 12 여우와 포도밭

여우는 진짜 어리석을까요

여우 한 마리가 포도밭을 지날 때였어요.

"우아, 정말 맛있는 냄새가 나네."

배고픈 여우는 주렁주렁 열린 포도를 보고 꿀깍 군침을 삼켰어요. 여우는 포도밭에 들어가고 싶었지만 포도밭이 높은 울타리로 둘러싸여 들어갈 수가 없었어요.

"어떻게 하면 포도밭에 들어갈 수 있을까?"

여우는 울타리를 살펴보다가 작은 구멍을 발견했어요.

"좋아, 저기로 들어가자."

하지만 구멍이 너무 작아 여우가 들어갈 수 없었어요. 여우는 포도밭 주위를 서성이며 곰곰이 생각에 잠겼지요.

'그래, 살을 빼야겠어.'

❶ 하루, 이틀, 사흘을 굶었더니 여우의 몸이 홀쭉해졌지요. 여우는 울타리에 난 구멍으로 포도밭에 쏙 들어갔습니다.

"야호! 이제 포도를 실컷 먹어 볼까?"

여우는 허겁지겁 포도를 먹었어요. ❷ 포도밭에서 마음껏 포도를 먹으며 행복하게 지냈지요. 여우의 홀쭉한 몸은 점점 살이 올라 통통해졌어요.

"끅, 배부르다! 포도는 실컷 먹었으니 이제 다른 곳으로 가 볼까?"

여우는 불룩하게 솟아오른 배를 두드리며 울타리에 난 구멍으로 뒤뚱뒤뚱 걸어갔어요. 그런데 처음 포도밭에 들어왔을 때보다 통통해진 여우는 밖으로 빠져나갈 수 없었어요.

"큰일이네. 이러다 포도밭 주인이라도 나타나면 어쩌지?"

뾰족한 수가 떠오르지 않자 여우는 하는 수 없이 다시 굶기로 했어요. ❸ 이번에도 사흘이나 굶은 여우는 처음처럼 홀쭉해지고 나서야 간신히 포도밭을 빠져나왔어요.

"포도밭에 들어갈 때나, 나올 때나 배가 고프기는 마찬가지로군."

여우는 한숨을 쉬며 포도밭을 떠났습니다.

질문! 꼬리 달기

이야기를 읽고, 다음 질문의 답이 있는 문장을 찾아 밑줄을 그어 보세요.

❶ 여우는 어떻게 울타리에 난 작은 구멍으로 포도밭에 들어갔나요?
❷ 여우는 포도밭에서 무엇을 했나요? 몸은 어떻게 변했나요?
❸ 통통하게 살이 오른 여우는 어떻게 포도밭을 빠져나왔나요?

58 초등 글쓰기 ❷　　　　　여우와 포도밭 59

질문! 꼬리 달기

〈여우와 포도밭〉은 배고픈 여우가 포도밭에 들어가서 포도를 따 먹는 이야기입니다. 포도를 실컷 따 먹었지만 결국 굶어서 다시 홀쭉해져 버렸지요. 우스꽝스러우면서도 안타까운 이야기입니다. 가볍게 넘길 수 없는 내용이므로 3개 질문의 답이 되는 문장에 밑줄을 그으면서 이야기를 나누어 봅니다. 아래의 추가 질문으로 숨어 있는 내용도 알아보세요.

질문 더하기 ✚

○ '이솝 우화' 속 여우는 포도가 높이 달려서 못 따 먹었는데 이 여우는 어떻게 포도를 따 먹었을까?
○ 포도밭 주인은 왜 안 나타났을까?
○ 포도밭에서 사흘이나 굶을 때 여우는 어떤 생각을 했을까?

뜻풀이

군침
공연히 입 안에 도는 침.

허겁지겁
조급한 마음으로 몹시 허둥거리는 모양.

생각! 꼬리 물기

〈여우와 포도밭〉 이야기에서는 사흘이나 굶어서 포도밭에 들어간 여우가 다시 사흘이나 굶어서 포도밭을 빠져나오게 됩니다. 이쯤이면 참 어리석은 여우라고 볼 수 있을 것입니다. 하지만 여우의 행동에서 잘한 것과 잘못한 것을 구분해 보는 것도 필요하겠지요.

여우는 진짜 어리석을까요?

어리석다

우선 남의 포도밭에 들어간 것부터가 잘못된 행동입니다. 또한 내 것이 아닌 것은 가지면 안 되는데, 욕심을 부려 다시 굶을 수밖에 없었습니다. 그러므로 어리석은 여우라고 할 수밖에요. 여우는 포도를 정당하게 먹을 수 있는 방법을 찾아야 했어요.

어리석지 않다

여우의 행동에서 강점도 발견할 수 있습니다. 먹고 싶은 것을 얻기 위해 사흘이나 굶었으니 대단한 인내심을 발휘하고 있잖아요. 자기가 원하는 일에는 집중력이 대단합니다. 만약 여우가 다른 일을 한다면 이런 강점을 잘 발휘할 수 있을 것입니다.

글쓰기! 꼬리 잡기 예시 답안

1 포도밭에 들어가 살이 오른 여우는 밖으로 나가기 위해 어떻게 했나요?

> **예시** 포도밭에 들어가 살이 오른 여우는 밖으로 나가기 위해 사흘이나 굶어서 다시 홀쭉해졌다.

2 포도밭에 들어간 여우는 진짜 어리석을까요?

> **예시 1** 나는 포도밭에 들어간 여우가 어리석다고 생각한다. 남의 포도를 먹다가 결국은 사흘이나 다시 굶어야 했기 때문이다.

> **예시 2** 나는 포도밭에 들어간 여우가 어리석지 않다고 생각한다. 왜냐하면 결국은 자기가 먹고 싶었던 포도를 실컷 먹었기 때문이다.

3 만약 자신이 여우라면 어떻게 했을까요?

> **예시 1** 만약 내가 여우라면 포도밭에서 일을 해 주고 그 대가로 포도를 얻었을 것이다.

> **예시 2** 만약 내가 여우라면 포도를 따서 울타리 구멍 밖으로 던지고 포도밭을 벗어나 포도를 먹었을 것이다.

> **예시 3** 만약 내가 여우라면 조금만 따 먹고 나왔을 것이다.

> **예시 4** 만약 내가 여우라면 정당하게 포도를 따 먹을 방법을 연구했을 것이다.

위에 쓴 답을 옮겨 쓰며 한 편의 글을 완성해 보세요.

> **예시 1** 포도밭에 들어가 살이 오른 여우는 밖으로 나가기 위해 사흘이나 굶어서 다시 홀쭉해졌다. 나는 포도밭에 들어간 여우가 어리석다고 생각한다. 남의 포도를 먹다가 결국은 사흘이나 다시 굶어야 했기 때문이다. 만약 내가 여우라면 포도밭에서 일을 해 주고 그 대가로 포도를 얻었을 것이다.

> **예시 2** 포도밭에 들어가 살이 오른 여우는 밖으로 나가기 위해 사흘이나 굶어서 다시 홀쭉해졌다. 나는 포도밭에 들어간 여우가 어리석지 않다고 생각한다. 왜냐하면 결국은 자기가 먹고 싶었던 포도를 실컷 먹었기 때문이다. 만약 내가 여우라면 포도를 따서 울타리 구멍 밖으로 던지고 포도밭을 벗어나 포도를 먹었을 것이다.

뱀은 누구 때문에 죽게 되었을까요

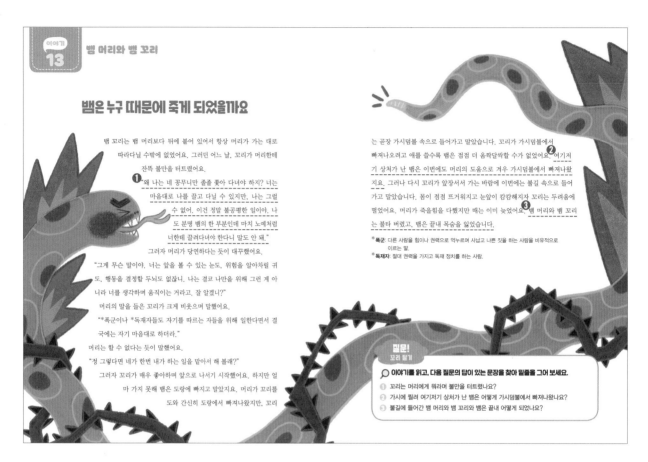

질문! 꼬리 달기

〈뱀 머리와 뱀 꼬리〉는 뱀 머리와 뱀 꼬리가 역할을 바꾸면서 벌어지는 이야기입니다. 뱀 머리와 뱀 꼬리 때문에 슬프게도 뱀이 죽고 말았습니다. 이야기를 찬찬히 살펴보고, 질문과 의견을 나누며 무엇이 잘못되었는지, 무엇을 배울 수 있는지 찾아보세요. 3개 질문의 답이 있는 문장에 밑줄을 그으면서 이야기를 읽어 보고 아래의 추가 질문으로 숨어 있는 내용도 알아보세요.

질문 더하기 ✚

○ 두뇌가 없는 꼬리는 어떻게 불공평한 대우를 받는다고 생각을 했을까?
○ 두 번이나 위험에 처했는데 왜 머리는 꼬리를 말리지 않았을까?
○ 두 번이나 위험에 처했는데 왜 꼬리는 그만두지 않았을까?

뜻풀이

폭군
다른 사람을 힘이나 권력으로 억누르며 사납고 나쁜 짓을 하는 사람을 비유적으로 이르는 말.

독재자
절대 권력을 가지고 독재 정치를 하는 사람.

도랑
매우 좁고 작은 개울.

생각! 꼬리 물기

〈뱀 머리와 뱀 꼬리〉이야기에서 알 수 있듯이 더불어 살아가려면 각자 역할이 있습니다. 머리는 머리대로, 꼬리는 꼬리대로 역할에 충실해야 합니다. 그 역할에 충실하려면 혼자만의 생각으로 움직이는 것이 아니라 서로 이야기를 하며 상대방의 상황을 알고 지혜롭게 대처하는 방법도 알아야 합니다. 자기가 맡은 일을 혼자서만 잘 해낸다고 생각하면 오해가 쌓이고 신뢰도 무너집니다. 그럴 때 어려움이 닥치게 된답니다.

뱀은 누구 때문에 죽게 되었을까요?

뱀 꼬리

꼬리는 자기가 얼마나 중요한 역할을 하고 있는지를 잘 몰랐습니다. 게다가 불만을 이야기할 때 머리를 비난했습니다. 또한 일이 잘못되었을 때 다시 머리에게 역할을 돌려주어야 하는데 끝까지 고집을 부리다 죽게 되었습니다. 꼬리가 더 잘못이 큰 거지요.

뱀 머리

머리는 앞장서는 일을 하느라 꼬리의 역할이 얼마나 중요한지 몰랐습니다. 게다가 꼬리를 무시했지요. 특히 위험에 빠졌을 때에는 머리는 자기 역할을 되찾아야 하는데도 꼬리가 하는 대로 내버려 두었습니다. 그래서 결국 죽고 말았습니다. 머리의 책임이 당연히 큽니다.

글쓰기! 꼬리 잡기 예시 답안

① 뱀 꼬리는 뱀 머리에게 어떤 불만이 있었으며, 그 결과 어떻게 되었나요?

▪ **예시** 뱀 꼬리는 자신이 마치 노예처럼 뱀 머리한테 끌려다닌다고 불만을 터뜨리고 뱀 머리처럼 행동하다가 결국 뱀꼬리와 뱀 머리와 뱀은 죽고 말았다.

② 뱀은 뱀 꼬리와 뱀 머리 중 누구 때문에 죽게 되었을까요?

▪ **예시1** 나는 뱀이 뱀 꼬리 때문에 죽었다고 생각한다. 왜냐하면 능력이 모자라는 일을 하겠다고 끝까지 우기다가 결국 목숨을 잃었기 때문이다.

▪ **예시2** 나는 뱀이 뱀 머리 때문에 죽었다고 생각한다. 왜냐하면 상황이 위험할 때는 리더의 역할을 충실히 해서 뱀의 목숨을 구해야 했기 때문이다.

③ 만약 자신이 뱀 꼬리 또는 뱀 머리라면 어떻게 했을까요?

▪ **예시1** 만약 내가 뱀 꼬리라면 두 번 정도 시도해 보다가 위험하면 뱀 머리에게 앞장서라고 했을 것이다.

▪ **예시2** 만약 내가 뱀 머리라면 평상시에 뱀 꼬리와 많은 대화를 나누어서 위험한 일을 겪지 않도록 했을 것이다.

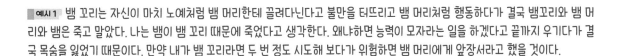

▪ **예시1** 뱀 꼬리는 자신이 마치 노예처럼 뱀 머리한테 끌려다닌다고 불만을 터뜨리고 뱀 머리처럼 행동하다가 결국 뱀꼬리와 뱀 머리와 뱀은 죽고 말았다. 나는 뱀이 뱀 꼬리 때문에 죽었다고 생각한다. 왜냐하면 능력이 모자라는 일을 하겠다고 끝까지 우기다가 결국 목숨을 잃었기 때문이다. 만약 내가 뱀 꼬리라면 두 번 정도 시도해 보다가 위험하면 뱀 머리에게 앞장서라고 했을 것이다.

▪ **예시2** 뱀 꼬리는 자신이 마치 노예처럼 뱀 머리한테 끌려다닌다고 불만을 터뜨리고 뱀 머리처럼 행동하다가 결국 뱀꼬리와 뱀 머리와 뱀은 죽고 말았다. 나는 뱀이 뱀 머리 때문에 죽었다고 생각한다. 왜냐하면 상황이 위험할 때는 리더의 역할을 충실히 해서 뱀의 목숨을 구해야 했기 때문이다. 만약 내가 뱀 머리라면 평상시에 꼬리와 많은 대화를 나누어서 위험한 일을 겪지 않도록 했을 것이다.

누구의 잘못이 가장 클까요

 운이 없는 가족

누구의 잘못이 가장 클까요

무덥고 메마른 사막에 한 부부와 아들이 살았어요. 이 세 식구는 너무 가난해서 굶기를 밥 먹듯 했고, 집 없이 *남루한 차림새로 사막을 이리저리 떠돌아다녔지요.

그러던 어느 날, 세 식구를 딱하게 여긴 한 노인이 말을 건넸어요.

"내일 저녁 무렵 예언자가 이곳을 지나갈 겁니다. 그때 그분에게 물어보세요. 어떻게 하면 불행한 운명에서 벗어날 수 있는지를요."

세 식구는 다음 날이 어서 오기를 기다렸어요. 이튿날 저녁이 되자, 노인 말대로 예언자가 천천히 걸어왔어요. 세 식구는 예언자에게 어떻게 불행한 운명에서 벗어날 수 있는지 물었어요. 예언자는 운명은 바꿀 수 없다고 딱 잘라 말했지요. 세 식구가 간곡히 부탁하자, 예언자는 하는 수 없다는 듯이 말했어요.

"여기서 조금 떨어진 곳에 맑은 샘물이 솟아나는 곳이 있소. 아침 일찍 해가 뜨기 전, 그곳에서 한 사람씩 목욕을 하시오. 단, 세 사람이 각기 다른 날에 해야 하오. 목욕하는 동안 소원을 빌면 모두 이루어질 것이오."

세 식구는 누가 먼저 목욕할지 다투다가 어머니가 먼저 샘에 들어가기로 했어요. ❶ 어머니는 세상에서 제일 아름다운 여자가 되게 해 달라며 소원을 빌었어요. 목욕을 마친 어머니는 눈부시게 아름다운 여인으로 변했습니다. 때마침 지나가던 귀족이 어머니를 보고 한눈에 반했어요. 귀족은 어머니를 마차에 태워 데려갔어요. 어머니는 뒤도 안 돌아보고 귀족과 함께 떠났지요. 이 모습을 본 아버지는 무척 화가 났어요. 아버지는 이튿날 새벽이 되자마자, 샘에서 목욕하며 소원을 빌었어요.

❷ "내 아내를 꼬리가 긴 원숭이로 변하게 해 주세요."

다음 날 아침, 잠에서 깨어난 귀족은 원숭이 한 마리가 옆에 누워 있는 것을 보고 깜짝 놀랐어요. 귀족은 원숭이로 변한 어머니를 밖으로 내쫓았지요. 어머니는 달리고 또 달려서 식구들이 있는 사막에 도착했어요.

그날 밤, 세 식구는 아무 말 없이 모래 언덕 위에 앉아서 동이 트기를 기다렸어요. 다음 날이 되자, ❷ 아들은 샘에서 목욕하며 어머니를 원래 모습대로 돌아가게 해 달라고 소원을 빌었어요. 어머니는 처음 모습으로 돌아왔고, ❸ 결국 세 식구는 운명을 바꿀 수 없었답니다.

*남루하다: 옷 따위가 낡아 해지고 차림새가 너저분하다.

질문! 꼬리 달기

🔍 이야기를 읽고, 다음 질문의 답이 있는 문장을 찾아 밑줄을 그어 보세요.

❶ 어머니는 샘에서 목욕을 하며 어떤 소원을 빌었나요?
❷ 아버지와 아들은 샘에서 목욕을 하며 각각 무슨 소원을 빌었나요?
❸ 각자 소원을 빈 세 식구는 결국 어떻게 되었나요?

운이 없는 가족 67

질문! 꼬리 달기

운이 좋다는 것은 무슨 뜻일까요? 운이 좋지 않다는 것은 또 무슨 뜻일까요? 〈운이 없는 가족〉 이야기 속 세 식구는 정말로 운이 없는 것일까요? 아니면 운이 좋아 운명을 바꿀 수 있는 기회가 왔는데도 어리석게 기회를 놓친 것일까요? 3개 질문의 답이 있는 문장에 밑줄을 그어 보며 생각을 정리해 봅니다. 아래의 추가 질문으로 숨어 있는 내용도 알아보도록 합니다.

질문 더하기 ➕

○ 세 식구는 건강한데 왜 일을 할 생각을 안 했을까?
○ 의논을 하지 않고 다툰 이유는 무엇일까?
○ 소원을 비는 순서를 바꾸었다면 어떻게 되었을까?

뜻풀이

운명
❶ 인간을 포함한 모든 것을 지배하는 초인간적인 힘. 또는 그것에 의하여 이미 정하여져 있는 목숨이나 처지.
❷ 앞으로의 생사나 존망에 관한 처지.

남루하다
옷 따위가 낡아 해지고 차림새가 너저분하다.

생각! 꼬리 물기

〈운이 없는 가족〉 이야기에 나오는 세 식구가 불행한 이유는 무엇일까요? 만일 세 식구가 가난에서 벗어나기 위해서 서로 의논했더라면 불행에서 벗어날 수 있었을지도 모릅니다. 평소에 대화가 없었기 때문에 막상 이 세 식구에게 기회가 와도 놓치고 말았지요. 이들이 불행에서 벗어날 방법은 무엇일지 알아봅니다.

세 식구 중 누구의 잘못이 가장 클까요?

어머니

어머니는 가난 속에 살고 있으면서 아름다운 여인이 되고자 했어요. 소원이 이루어지자마자 바로 자신만을 위해서 가족을 떠났지요.

아버지

아버지는 세 식구를 떠나 버린 아내에 대한 복수를 위해 소원을 써 버렸습니다. 자기 감정이 앞섰던 거예요. 덕분에 원숭이가 되어 버린 아내가 되돌아왔지요.

아들

마지막 소원을 신중하게 생각했어야 해요. 아들 때문에 세 식구는 원래대로 돌아갈 수 있었지만 처음 목적인 불행한 운명에서 벗어날 기회를 날렸잖아요.

글쓰기! 꼬리 잡기　예시 답안

1 소원을 빈 세 식구는 결국 어떻게 되었나요?

　예시 소원을 빈 세 식구는 불행한 운명을 벗어날 기회를 활용하지 못하고 원래대로 돌아갔다.

2 세 식구 중 누구의 잘못이 가장 클까요?

　예시1 나는 세 식구 중 어머니의 잘못이 가장 크다고 생각한다. 왜냐하면 식구들은 생각하지 않고 자기만을 생각했기 때문이다.

　예시2 나는 세 식구 중 아버지의 잘못이 가장 크다고 생각한다. 왜냐하면 아내의 불행을 비는 데 소원을 허비했기 때문이다.

　예시3 나는 세 식구 중 아들의 잘못이 가장 크다고 생각한다. 왜냐하면 남은 소원 하나를 신중히 사용하지 않았기 때문이다.

3 만약 자신이 어머니 또는 아버지 또는 아들이라면 어떻게 했을까요?

　예시1 만약 내가 어머니라면 세 식구 모두가 행복해질 수 있는 소원을 빌었을 것이다.

　예시2 만약 내가 아버지라면 아내의 행복을 위해 보내 주고, 아들과 행복하게 살 수 있는 또 다른 소원을 빌었을 것이다.

　예시3 만약 내가 아들이라면 아버지, 어머니와 신중하게 의논을 하고 마지막 소원을 빌었을 것이다.

위에 쓴 답을 옮겨 쓰며 한 편의 글을 완성해 보세요.

예시1 소원을 빈 세 식구는 불행한 운명을 벗어날 기회를 활용하지 못하고 원래대로 돌아갔다. 나는 세 식구 중 어머니의 잘못이 가장 크다고 생각한다. 왜냐하면 식구들은 생각하지 않고 자기만을 생각했기 때문이다. 만약 내가 어머니라면 세 식구 모두가 행복해질 수 있는 소원을 빌었을 것이다.

예시2 소원을 빈 세 식구는 불행한 운명을 벗어날 기회를 활용하지 못하고 원래대로 돌아갔다. 나는 세 식구 중 아버지의 잘못이 가장 크다고 생각한다. 왜냐하면 아내의 불행을 비는 데 소원을 허비했기 때문이다. 만약 내가 아버지라면 아내의 행복을 위해 보내 주고, 아들과 행복하게 살 수 있는 또 다른 소원을 빌었을 것이다.

예시3 소원을 빈 세 식구는 불행한 운명을 벗어날 기회를 활용하지 못하고 원래대로 돌아갔다. 나는 세 식구 중 아들의 잘못이 가장 크다고 생각한다. 왜냐하면 남은 소원 하나를 신중히 사용하지 않았기 때문이다. 만약 내가 아들이라면 아버지, 어머니와 신중하게 의논을 하고 마지막 소원을 빌었을 것이다.

누가 더 잘못했을까요

이야기
15 사라진 은화

누가 더 잘못했을까요

한 상인이 물건을 사기 위해 은화가 가득 담긴 자루를 들고 큰 도시로 향했어요. ❶ 장이 서는 날보다 일찍 도착한 상인은 들고 다니기가 불편한 은화 자루를 산 중턱에 묻어 숨겨 놓고 도시를 구경했어요. 장이 서는 날, 상인은 은화를 찾으러 산으로 갔어요. 미리 표시해 둔 곳을 찾아 땅을 파는데, 아뿔싸! 은화 자루가 감쪽같이 사라져 버린 것이 아니겠어요? 상인은 막막해하며 주위를 둘러보다가 저 멀리 있는 외딴집을 발견했어요. 은화를 묻을 때는 보이지 않던 집이었지요. 상인은 외딴집 한쪽 벽에 뚫린 구멍을 발견했어요. 그리고 한 남자가 집으로 들어가는 것을 확인했지요.

❷ '아마 집주인은 벽에 난 구멍으로 내가 은화 묻는 것을 지켜본 다음, 아무도 없을 때 은화 자루를 훔쳐 갔을 거야.'

상인은 곧장 집주인을 찾아가 따지려다가 일단 참았어요. 무슨 일이든 세 번씩 생각하라는 어머니 말씀이 떠올랐기 때문이에요. 깊이 생각한 끝에 상인은 집주인을 만났습니다.

"안녕하세요? 저는 시골에서 온 상인인데 도움을 받고 싶어요. 도시 사람들은 영리하다는 말을 많이 들어서요."

집주인은 상인을 보고 깜짝 놀랐지만, 아무렇지 않은 듯 인사했어요. 그러자 상인이 말을 이어 갔습니다.

"제가 시장에서 값비싼 물건을 사려고 은화 자루를 두 개 갖고 왔어요. 은화 오백 개가 든 작은 자루는 남몰래 묻어 두었지요. 이제 은화 팔백 개가 든 큰 자루가 남았는데 땅에 묻는 것이 좋을까요, 제가 머무는 여관 주인에게 맡기는 게 좋을까요?"

집주인은 얼른 대답했어요.

"도시에서는 아무도 믿으면 안 됩니다. 제 생각에는 작은 자루를 묻어 둔 곳에 큰 자루를 함께 묻는 것이 좋을 것 같네요."

상인이 사라지자 집주인은 몰래 훔친 은화 자루를 도로 갖다 묻었어요. ❸ 그래야 상인이 안심하고 은화 팔백 개가 든 자루도 같은 곳에 묻으리라 생각했기 때문이지요. 상인은 집주인이 집으로 돌아간 뒤, 땅을 파서 은화 자루를 무사히 찾았습니다.

> **질문!**
> 꼬리 달기
>
> 🔍 이야기를 읽고, 다음 질문의 답이 있는 문장을 찾아 밑줄을 그어 보세요.
> ❶ 큰 도시에 온 상인은 은화가 가득 담긴 자루를 어떻게 했나요?
> ❷ 상인은 외딴집 주인이 어떻게 자신의 은화 자루를 가져갔을 거라고 생각했나요?
> ❸ 집주인은 상인이 사라지자 은화 자루를 왜 도로 갖다 묻었나요?

질문! 꼬리 달기

〈사라진 은화〉 이야기의 상인은 땅에 묻어 둔 은화가 없어진 것을 안 순간 마음이 어땠을까요? 그래도 은화를 도로 찾았으니 참 다행입니다. 돈을 어떻게 간직해야 하는지 생각해 볼 수 있는 이야기입니다. 이야기의 내용을 잘 파악하기 위해 3개 질문에 답이 되는 문장에 밑줄을 긋고 의견을 나누어 보세요. 아래의 추가 질문으로 숨어 있는 내용도 알아보도록 합니다.

질문 더하기 ➕

○ 은화를 보관하는 다른 방법은 없었을까?
○ 상인의 어머니가 무슨 일이든 세 번이나 신중하게 생각하라고 한 이유는 무엇일까?
○ 상인은 은화를 되찾고 난 뒤에 왜 신고하지 않았을까?

뜻풀이

은화
은으로 만든 돈.

영리하다
눈치가 빠르고 똑똑하다.

생각! 꼬리 물기

은화는 무거워서 들고 다니기가 힘듭니다. 〈사라진 은화〉 이야기에서 사람들을 믿지 못한 상인은 아무도 보지 못할 것이라고 생각하여 땅에 은화를 파묻었습니다. 그러나 근처에 사는 한 사람이 이것을 보고 말았지요. 누군가가 보았다면 그것을 본 누군가는 은화를 가져가도 될까요?

상인과 집주인 중 누가 더 잘못했을까요?

상인

상인은 누구 소유의 땅인지도 모르고 은화를 파묻었습니다. 아무도 못 보았으리라 생각했지만 사실 누군가가 지켜보고 있었지요. 기지를 발휘해서 도로 은화를 찾았지만 애초에 땅에 묻은 것 자체가 잘못입니다. 집주인은 상인의 행동이 의심스러워서 땅을 팠고, 그 안에 은화가 있었지요. 그래서 가져간 것입니다. 그러니 상인의 잘못이 크다고 할 수 있습니다.

집주인

어떤 이유를 막론하고라도 남의 물건에는 손대면 안 됩니다. 호기심에 땅을 파 보고 은화를 발견했다고 하더라도 주인이 누구인지 알고 있었으므로 더욱이 손대서는 안 됐지요. 용서받을 기회가 있을 때 잘못을 이야기하는 용기가 필요한데, 집주인은 상인이 찾아왔을 때 오히려 욕심을 부렸어요. 그런 기회조차 놓친 집주인의 잘못이 매우 큽니다.

글쓰기! 꼬리 잡기 예시 답안

1 상인은 잃어버린 은화 자루를 어떻게 찾았나요?

> **예시** 상인은 집주인에게 또 다른 은화를 묻어 둘 것이라고 말하는 꾀를 내어 잃어버린 은화 자루를 도로 찾았다.

2 상인과 집주인 중 누가 더 잘못했을까요?

> **예시1** 나는 상인과 집주인 중 상인이 더 잘못했다고 생각한다. 왜냐하면 다짜고짜로 땅에다 은화를 묻었기 때문이다.

> **예시2** 나는 상인과 집주인 중 집주인이 더 잘못했다고 생각한다. 왜냐하면 어떤 이유에서든지 남의 물건을 몰래 가져가는 것은 안 되기 때문이다.

3 만약 자신이 상인 또는 집주인이라면 어떻게 했을까요?

> **예시1** 내가 만일 상인이라면 처음부터 안전한 곳에 은화를 맡겼을 것이다.

> **예시2** 내가 만일 집주인이라면 처음부터 은화를 그곳에 묻지 말라고 말했을 것이다.

위에 쓴 답을 옮겨 쓰며 한 편의 글을 완성해 보세요.

> **예시1** 상인은 집주인에게 또 다른 은화를 묻어 둘 것이라고 말하는 꾀를 내어 잃어버린 은화 자루를 도로 찾았다. 나는 상인과 집주인 중 상인이 더 잘못했다고 생각한다. 왜냐하면 다짜고짜로 땅에다 은화를 묻었기 때문이다. 내가 만일 상인이라면 처음부터 안전한 곳에 은화를 맡겼을 것이다.

> **예시2** 상인은 집주인에게 또 다른 은화를 묻어 둘 것이라고 말하는 꾀를 내어 잃어버린 은화 자루를 도로 찾았다. 나는 상인과 집주인 중 집주인이 더 잘못했다고 생각한다. 왜냐하면 어떤 이유에서든지 남의 물건을 몰래 가져가는 것은 안 되기 때문이다. 내가 만일 집주인이라면 처음부터 은화를 그곳에 묻지 말라고 말했을 것이다.

나무를 심는 것은
지혜로운 행동일까요

이야기 16 나무 심기

나무를 심는 것은
지혜로운 행동일까요

❶ 한 노인이 정원에 어린 *쥐엄나무를 심었어요. 때마침 그곳을 지나가던 나그네가 그 모습을 보고 노인에게 물었습니다.

"어르신께서는 언제쯤 그 나무에서 열매를 거둘 것으로 생각하십니까?"

나그네를 바라보며 노인이 대답했어요.

❷ "아마 70년쯤 지난 뒤에야 결실을 볼 수 있겠지."

나그네는 다시 노인에게 물었습니다.

"어르신께서는 그토록 오래 사실 수 있겠습니까?"

노인은 고개를 저으며 대답했어요.

"어찌 그럴 수 있겠나. 하지만 내가 태어났을 때 과수원에 있는 많은 과일나무에 열매들이 풍성히 달려 있었다네. 내 아버지께서 채 태어나지도 않은 나를 위해 나무를 심어 놓았기 때문이지. 내가 나무를 심는 것도 이와 같은 마음에서라네."

*쥐엄나무: 잎자루 양쪽에 여러 개의 작은 잎이 새의 깃 모양처럼 붙어 있는 것이 특징이며, 20미터 가량 높이로 자란다. '탈무드'에서는 쥐엄나무가 열매를 맺으려면 70년이 걸린다고 전해지는데, 유대인에게 쥐엄나무는 괴로움이나 어려움을 참고 견디라는 교훈을 준다.

질문! 꼬리 달기

🔍 이야기를 읽고, 다음 질문의 답이 있는 문장을 찾아 밑줄을 그어 보세요.

❶ 노인은 정원에서 무엇을 했나요?
❷ 노인은 자기가 심은 어린나무가 언제쯤 열매를 거둘 것이라고 생각하나요?
❸ 노인은 어떤 마음에서 나무를 심는다고 말했나요?

질문! 꼬리 달기

〈나무 심기〉 이야기에 나오는 노인은 누구를 위해서 70년 뒤에나 열매를 맺는 쥐엄나무를 심고 있을까요? 대단한 일입니다. 보통 과일나무는 심은 지 2년~3년이 되면 열매를 맺는데 말입니다. 짧은 내용이지만 3개 질문의 답이 되는 문장에 밑줄을 그으면서 이야기에서 생각해 볼 수 있는 내용을 정리해 보세요. 아래의 추가 질문에 답하면서 숨어 있는 더 많은 내용을 알아보도록 합니다.

질문 더하기 ➕

○ 지나가는 나그네는 열매가 언제 열리는지 왜 물어보았을까?
○ 노인의 아버지도 노인처럼 쥐엄나무를 심었을까?
○ 70년 뒤를 준비하며 노인이 심은 쥐엄나무 열매는 누가 따 먹을까?

뜻풀이

쥐엄나무

잎자루 양쪽에 여러 개의 작은 잎이 새의 깃 모양처럼 붙어 있는 것이 특징이며, 20미터 가량 높이로 자란다. 《탈무드》에서는 쥐엄나무가 열매를 맺으려면 70년이 걸린다고 전해지는데, 유대인에게 쥐엄나무는 괴로움이나 어려움을 참고 견디라는 교훈을 준다.

생각! 꼬리 물기

〈나무 심기〉 이야기에서 알 수 있듯이 태어나지도 않은 자손을 위해 나무를 심는다는 것은 많은 의미가 있습니다. 나무는 열매뿐만 아니라 지구를 위해서도 꼭 필요합니다. "내일 지구가 종말이 오더라도 나는 한 그루 사과나무를 심겠다."라고 말한 어느 철학자의 말처럼 나뿐만 아니라 미래 세대를 위해 무엇을 해야 하는가를 토의해 보면 좋습니다.

노인이 나무를 심는 것은 지혜로운 행동일까요?

지혜롭다

우리가 풍요로운 삶을 살아갈 수 있는 이유도 조상들이 일구어 놓은 많은 것들 덕분입니다. 특히 부모님이 평생 일구어 놓은 노고 덕분에 풍요롭게 살고 있을 때가 많지요. 따라서 노인이 현재의 자신이 아닌 미래 세대를 위해 나무를 심는 것은 현명하고 지혜로운 일입니다. 나무는 하루아침에 뚝딱 자라는 것이 아니기 때문입니다.

지혜롭지 못하다

현재가 미래보다 더 중요합니다. 현재 가족을 챙기지 않고 먼 미래의 후손들을 위해 나무를 심는다면 노인은 지혜롭지 못하다고 할 수 있습니다. 70년 뒤만 생각하며 나무를 심는 것보다 현재 가족들과 행복하게 시간을 보내고 하루하루를 즐겁게 살아가는 것이 더 지혜로운 일이 아닐까요?

글쓰기! 꼬리 잡기 예시 답안

1 노인이 어린 쥐엄나무를 심는 이유는 무엇인가요?

> **예시** 노인은 자신을 위해 과일나무를 심어 놓은 아버지와 같은 마음으로 어린 쥐엄나무를 심었다.

2 노인이 70년 뒤를 준비하며 나무를 심는 것은 지혜로운 행동일까요?

> **예시 1** 나는 노인이 나무를 심는 것이 지혜롭다고 생각한다. 왜냐하면 덕분에 자손들이 풍요롭게 살 수 있고, 인내라는 교훈도 줄 수 있기 때문이다.

> **예시 2** 나는 노인이 나무를 심는 것이 지혜롭지 못하다고 생각한다. 왜냐하면 노인이 자신이나 현재 가족을 먼저 챙기는 게 더 중요하기 때문이다.

3 만약 자신이 노인이라면 어떻게 했을까요?

> **예시 1** 만약 내가 노인이라면 미래를 위해 나무를 더 많이 심어 둘 것이다.

> **예시 2** 만약 내가 노인이라면 우선 현재 생활에 충실하여 행복한 가족이 되게 할 것이다.

위에 쓴 답을 옮겨 쓰며 한 편의 글을 완성해 보세요.

> **예시 1** 노인은 자신을 위해 과일나무를 심어 놓은 아버지와 같은 마음으로 어린 쥐엄나무를 심었다. 나는 노인이 나무를 심는 것이 지혜롭다고 생각한다. 왜냐하면 덕분에 자손들이 풍요롭게 살 수 있고, 인내라는 교훈도 줄 수 있기 때문이다. 만약 내가 노인이라면 미래를 위해 나무를 더 많이 심어 둘 것이다.

> **예시 2** 노인은 자신을 위해 과일나무를 심어 놓은 아버지와 같은 마음으로 어린 쥐엄나무를 심었다. 나는 노인이 나무를 심는 것이 지혜롭지 못하다고 생각한다. 왜냐하면 노인이 자신이나 현재 가족을 먼저 챙기는 게 더 중요하기 때문이다. 만약 내가 노인이라면 우선 현재 생활에 충실하여 행복한 가족이 되게 할 것이다.

도시를 지키는 사람은 누구일까요

도시를 지키는 사람

도시를 지키는 사람은 누구일까요

사람들에게 인정받는 훌륭한 랍비가 있었어요. 어느 날, 랍비는 북쪽 도시에 *사찰관 두 명을 보냈어요. ❶ 사찰관들은 도시를 지키는 사람과 만나고 싶다고 말했어요. 그러자 북쪽 도시의 경찰서장이 찾아왔어요. 경찰서장은 도시의 안전과 질서를 담당하는 최고 책임자였지요. 사찰관들은 경찰서장을 보며 말했습니다.

"우리가 찾는 사람은 당신이 아닙니다. 우리는 도시를 지키는 사람과 만나고 싶을 뿐입니다."

❷ 그다음 사찰관들을 찾아온 사람은 도시를 지키는 군인이었어요. 그러자 사찰관들이 또다시 말했습니다.

❸ "우리가 만나고 싶은 사람은 경찰관과 군인이 아니라 교사입니다. 경찰관과 군인은 도시를 파괴할 뿐이지요. 진정으로 도시를 지키는 사람은 교사입니다."

*사찰관: 조사하여 살피는 사람.

질문! 꼬리 달기

이야기를 읽고, 다음 질문의 답이 있는 문장을 찾아 밑줄을 그어 보세요.

❶ 사찰관들은 북쪽 도시에서 누구를 만나고 싶다고 말했나요?
❷ 북쪽 도시에서 누구누구가 사찰관들을 찾아왔나요?
❸ 사찰관들이 만나고 싶은 사람은 누구인가요?

도시를 지키는 사람 81

질문! 꼬리 달기

〈도시를 지키는 사람〉은 '지킨다'는 것의 의미를 살펴볼 수 있는 이야기입니다. 《탈무드》에 자주 나오는 랍비는 사찰관을 통해서 교사들의 역할을 말하려고 한 것 같습니다. 또 '가르친다'는 것이 '지킨다'로 쓰이는 유대인들의 교육에 대해 생각해 볼 필요가 있습니다. 질문에 답이 되는 문장에 밑줄을 그으면서 이야기를 나누어 보고 더 많은 질문으로 숨어 있는 내용까지 알아보면 좋습니다.

질문 더하기 ✚

○ 왜 처음부터 교사를 불러 달라고 하지 않았을까?
○ 군인이나 경찰은 왜 도시를 파괴한다고 했을까?
○ 이야기에서 사찰관들이 세 번 만에 도시를 지키는 진정한 사람은 교사라고 말한 것에 어떤 의도가 있을까?

뜻풀이

사찰관
조사하여 살피는 사람.

파괴하다
❶ 때려 부수거나 깨뜨려 헐어 버리다.
❷ 조직, 질서, 관계 따위를 와해하거나 무너뜨리다.

생각! 꼬리 물기

〈도시를 지키는 사람〉 이야기는 힘과 무기로 도시를 지키는 것과 사람들을 정신적으로 지키는 것에 대해 생각해 보게 합니다. 외부나 범죄자로부터 사람들을 지키는 사람은 경찰과 군인이지만, 올바른 삶을 살아가고 문화를 유지하여 발전시키기 위해서는 반드시 교육이 필요합니다. 교사와 교육의 중요성에 대해 다시 한번 의견을 정리해 봅니다.

도시를 지키는 사람은 누구일까요?

경찰관과 군인

경찰과 군인은 당장 일어나는 범죄나 전쟁 등에 대한 방어 행동으로 도시를 지킵니다. 또한 국민들을 안전하게 보호하고 소중한 생명을 지키는 데 앞장섭니다. 경찰이나 군인이 없다면 바로 도시가 파괴되겠지요. 그런 의미에서 경찰관과 군인이야말로 도시를 튼튼하게 지키는 사람들입니다.

교사

교사는 교육을 통해 올바른 사람과 올바른 사회를 만들어 가고자 노력합니다. 범죄나 전쟁을 일으키고자 하는 마음을 방지하는 것도, 경찰이나 군인을 가르치는 것도 교육의 역할입니다. 이런 의미에서 교사가 행하는 교육은 한두 사람이 아니라 모든 사람들이 도시나 국가를 지키고 유지하고 발전하도록 하고 있습니다.

글쓰기! 꼬리 잡기 예시 답안

1 북쪽 도시를 찾은 사찰관들은 어떤 사람을 만나고 싶어 했나요?

> **예시1** 북쪽 도시를 찾은 사찰관들은 도시를 지키는 사람을 만나고 싶어 했다.

2 진정으로 도시를 지키는 사람은 누구일까요?

> **예시1** 나는 진정으로 도시를 지키는 사람이 경찰관과 군인이라고 생각한다. 왜냐하면 범죄나 전쟁이 일어나면 경찰관과 군인이 시민의 재산과 생명을 지키기 때문이다.

> **예시2** 나는 진정으로 도시를 지키는 사람이 교사라고 생각한다. 왜냐하면 교사는 사람을 성장시키고 유용한 지식을 알려 주기 때문이다.

3 도시나 국가를 지킨다는 것은 어떤 의미일까요?

> **예시1** 도시나 국가를 지킨다는 것은 시민들의 재산이나 생명을 보호하는 것이다.

> **예시2** 도시나 국가를 지킨다는 것은 도시의 경제와 문화를 발전시키는 것이다.

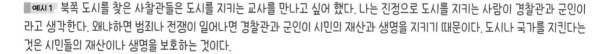
위에 쓴 답을 옮겨 쓰며 한 편의 글을 완성해 보세요.

> **예시1** 북쪽 도시를 찾은 사찰관들은 도시를 지키는 교사를 만나고 싶어 했다. 나는 진정으로 도시를 지키는 사람이 경찰관과 군인이라고 생각한다. 왜냐하면 범죄나 전쟁이 일어나면 경찰관과 군인이 시민의 재산과 생명을 지키기 때문이다. 도시나 국가를 지킨다는 것은 시민들의 재산이나 생명을 보호하는 것이다.

> **예시2** 북쪽 도시를 찾은 사찰관들은 도시를 지키는 교사를 만나고 싶어 했다. 나는 진정으로 도시를 지키는 사람이 교사라고 생각한다. 왜냐하면 교사는 사람을 성장시키고 유용한 지식을 알려 주기 때문이다. 도시나 국가를 지킨다는 것은 도시의 경제와 문화를 발전시키는 것이다.

현자를 만날 자격이 있을까요

이야기 18 거지와 현자

현자를 만날 자격이 있을까요

어느 마을에 한 남자가 살았습니다. ❶그는 *현자를 만나고 싶어 했어요. 남자는 평소에 바르게 행동하고 정직하게 지내며 현자가 오기를 기다렸지요. 마을 사람들은 입이 마를 정도로 그를 칭찬했답니다. 그렇게 한 달, 두 달, 반년을 넘게 기다렸지만 현자는 나타나지 않았어요.

어느덧 1년이 지나고, 남자는 여전히 현자를 기다렸어요. 그러던 어느 날, 남자 집에 누더기를 걸친 거지가 찾아왔습니다.

"배가 너무 고픕니다. 먹을 것을 좀 주세요. 그리고 하룻밤만 신세를 질 수 있을까요? 이렇게 간절히 부탁합니다."

남자는 현자가 아닌 거지가 찾아오자 실망한 목소리로 대답했어요.

"여기는 여관이 아니라오. 그만 돌아가시오."

"그렇다면 그냥 맨밥이라도 한술만……."

❷남자는 화를 내며 거지를 내쫓아 버렸습니다. 집 안에서 가만히 그 모습을 지켜보던 늙은 아버지는 아들에게 조용히 말을 건넸어요.

❸"그 사람이 바로 네가 오랫동안 기다렸던 현자일 수도 있는데 말이지……."

* **현자**: 어질고 총명하여 본받을 만한 사람.

질문! 꼬리 달기

이야기를 읽고, 다음 질문의 답이 있는 문장을 찾아 밑줄을 그어 보세요.

❶ 남자는 누구를 만나고 싶어 했나요?
❷ 남자는 자기 집에 찾아와 맨밥이라도 한술 달라는 거지를 어떻게 했나요?
❸ 늙은 아버지는 아들에게 조용히 무슨 말을 건넸나요?

거지와 현자 85

질문! 꼬리 달기

〈거지와 현자〉 이야기에 나오는 남자는 왜 현자를 만나고 싶어 했을까요? 참 궁금합니다. 또 이야기 속 거지는 정말 현자였을까요? 3개 질문의 답이 되는 문장에 밑줄을 긋고 이야기의 내용을 살펴보도록 합니다. 그리고 숨은 내용까지 새로운 질문으로 찾아봅니다.

질문 더하기 ➕

○ 왜 남자는 현자를 만나려고 했을까?
○ 남자가 칭찬 받은 행동들은 남자의 진짜 모습이었을까?
○ 남자는 언젠가는 현자를 만날 수 있을까?
○ 늙은 아버지는 왜 거지가 현자일 수도 있다고 했을까?

뜻풀이

현자
어질고 총명하여 본받을 만한 사람.

누더기
누덕누덕 기운 헌 옷.

생각! 꼬리 물기

〈거지와 현자〉 이야기에서 남자가 현자를 만나고 싶어 하는 이유를 먼저 생각해 봅니다. 남자도 현자가 되고 싶은 걸까요? 아니면 현자를 만나서 칭찬을 받고 싶은 것일까요? 또는 현자에게 배움을 청하려고 하는 것일까요? 이런 이유를 찾아야 현자를 만날 자격이 있는지, 자격이 없는지 판단할 수 있겠지요.

남자는 현자를 만날 자격이 있을까요?

있다

남자는 그동안 마을 사람들에게 칭찬을 받는 행동을 했으니 현자를 만날 만하지 않을까요? 오랜 시간 동안 훌륭한 행동을 한 것은 인정받아야 합니다. 간절히 기다리다가 한 번의 실수로 사람 전체를 판단하는 것은 옳지 않습니다. 앞으로 남자는 현자를 만나게 될 것입니다.

없다

현자에게 칭찬을 받거나 제자가 되는 것이 목적이라면 현자를 만날 자격이 안 되고 앞으로 만날 수도 없습니다. 지금 당장 배고파 죽을 것 같은 사람도 구제하지 못하면서 어떻게 훌륭하다고 할 수 있을까요? 남자가 평소에 바르게 행동하고 정직하게 지낸 것은 진심에서 우러나온 행동이라고 볼 수 없습니다.

글쓰기! 꼬리 잡기   예시 답안

1 남자는 누구를 기다렸으며, 거지가 찾아오자 어떻게 행동했나요?

> ■예시   남자는 현자를 기다렸는데, 거지가 찾아오자 화를 내며 내쫓아 버렸다.

2 남자는 현자를 만날 자격이 있을까요?

> ■예시1 나는 남자가 현자를 만날 자격이 있다고 생각한다. 왜냐하면 평소에 바르게 행동하고 정직하게 지냈기 때문이다.

> ■예시2 나는 남자가 현자를 만날 자격이 없다고 생각한다. 왜냐하면 거지를 내쫓아 버릴 정도면 바른 행동을 하는 사람이 아니기 때문이다.

3 만약 자신이 현자를 기다리는 남자라면 어떻게 했을까요?

> ■예시1 만약 내가 현자를 기다리는 남자라면 평상시에 바르게 행동하고 거지에게도 먹을 것을 주고 일자리도 제공해 주었을 것이다.

> ■예시2 만약 내가 현자를 기다리는 남자라면 거지에게 현자가 아닌지 물어보았을 것이다.

> ■예시3 만약 내가 현자를 기다리는 남자라면 굳이 현자를 만나려고 하지 않고 바르게 행동하며 살았을 것이다.

위에 쓴 답을 옮겨 쓰며 한 편의 글을 완성해 보세요.

■예시1 남자는 현자를 기다렸는데, 거지가 찾아오자 화를 내며 내쫓아 버렸다. 나는 남자가 현자를 만날 자격이 있다고 생각한다. 왜냐하면 평소에 바르게 행동하고 정직하게 지냈기 때문이다. 만약 내가 현자를 기다리는 남자라면 평상시에 바르게 행동하고 거지에게도 먹을 것을 주고 일자리도 제공해 주었을 것이다.

■예시2 남자는 현자를 기다렸는데, 거지가 찾아오자 화를 내며 내쫓아 버렸다. 나는 남자가 현자를 만날 자격이 없다고 생각한다. 왜냐하면 거지를 내쫓아 버릴 정도면 바른 행동을 하는 사람이 아니기 때문이다. 만약 내가 현자를 기다리는 남자라면 거지에게 현자가 아닌지 물어보았을 것이다.

무엇이 더 중요할까요

 랍비의 재산

무엇이 더 중요할까요

어느 배 위에서 있었던 일이에요. 배에 탄 손님은 대부분 큰 부자였는데, 그렇지 않은 랍비도 한 명 있었지요. ❶부자들은 서로 자기 재산을 자랑하느라 바빴습니다. 그러다가 부자 한 명이 옆에 있던 랍비에게 재산이 얼마나 있느냐고 물었어요. 그러자 랍비가 이렇게 대답했어요.

"지식과 교양을 갖춘 나는 최고의 부자라고 생각합니다. 하지만 지금 당장 당신들에게 내 재산을 보여 줄 수가 없군요."

부자들은 옷차림이 남루한 랍비를 보며 비웃었어요. 그때 갑자기 해적 무리가 배를 덮쳤어요. 부자들은 갖고 있던 금은보석을 비롯해 전 재산을 해적에게 빼앗겼지요. 해적은 순식간에 사라지고, 배는 가까스로 어느 마을 항구에 도착했어요. 재산을 모조리 잃은 부자들은 아무것도 할 수가 없었어요. ❷오직 랍비만이 항구와 가까이에 있는 학교에서 학생들을 가르치는 일을 했습니다.

세월이 흐른 뒤, 랍비는 배를 함께 탔던 부자를 다시 만났어요. 랍비가 그동안 마을 사람들에게 존경을 받으며 살아온 것과 달리 그들은 모두 가난한 신세가 되었지요. 랍비를 본 사람들은 이렇게 말했어요.

"예전에 당신이 배에서 스스로 부자라고 말한 것이 옳았습니다. 당신의 지식은 누구에게도 빼앗기지 않고, 언제든지 끄집어내어 쓸 수가 있으며, 아무리 써도 없어지지 않으니 이 세상 모든 것을 가진 것과도 같습니다. 당신의 지식이 최고의 보물입니다. 당신은 교양까지 갖추었으니 많은 사람에게 존경을 받아 마땅합니다."

❸이후 예전에 부자였던 사람들은 지식과 교양을 가르치는 교육이 가장 중요하다며 랍비를 인정했습니다.

> **질문!**
> **꼬리 달기**
>
> 🔍 이야기를 읽고, 다음 질문의 답이 있는 문장을 찾아 밑줄을 그어 보세요.
>
> ❶ 배에 탄 부자들은 서로 무엇을 자랑했나요?
> ❷ 해적을 만난 배가 마을 항구에 도착한 뒤 랍비는 무엇을 했나요?
> ❸ 예전에 부자였던 사람들은 뭐라고 말하며 다시 만난 랍비를 인정했나요?

질문! 꼬리 달기

〈랍비의 재산〉 이야기에서는 많은 재산을 가진 부자들이 해적 떼를 만나 순식간에 재산을 잃어버렸습니다. 반면에 지식과 교양을 갖춘 랍비는 잃을 것이 없었지요. 지식과 교양을 갖춘 랍비는 존경을 받으며 학생들을 가르치지만 재산을 잃은 부자들은 아무것도 할 수가 없었습니다. 3개 질문의 답이 되는 문장에 밑줄을 긋고 더 많은 이야기를 나누어 보세요. 그리고 또 다른 질문으로 숨은 내용까지 찾아보세요.

질문 더하기 ✚

○ 부자들은 어떻게 해서 재산을 모았을까?
○ 부자들은 왜 재산을 배에 다 실어 갔을까?
○ 부자가 되려면 지혜롭고 현명해야 하지 않을까?

뜻풀이

지식

❶ 어떤 대상에 대하여 배우거나 실천을 통하여 알게 된 명확한 인식이나 이해.
❷ 알고 있는 내용이나 사물.

교양

학문, 지식, 사회생활을 바탕으로 이루어지는 품위. 또는 문화에 대한 폭넓은 지식.

신세

주로 불행한 일과 관련된 일신상의 처지와 형편.

생각! 꼬리 물기

〈랍비의 재산〉 이야기를 읽고, 사람이 세상을 살아갈 때 돈과 지식 중 더 필요하고 중요한 것이 무엇인지 생각해 보세요. 물론 돈과 지식은 둘 다 중요합니다. 하지만 왜 중요한지, 어떻게 돈을 벌고, 어떻게 지식을 갖추어야 하는지에 대한 답을 찾아가는 과정은 반드시 필요합니다.

돈과 지식 중 무엇이 더 중요할까요?

돈

돈은 입고, 먹고, 잠자는 기본적인 행위를 하는 데 꼭 필요합니다. 또한 위급한 상황에 있거나 어려움에 부딪힌 사람들도 돈이 있다면 쉽고 빠르게 문제점을 해결할 수 있습니다. 그러므로 돈이 더 중요합니다.

지식

사람은 지식을 쌓아서 지혜를 발휘하며 살아야 합니다. 지식과 지혜는 어떤 경우에라도 뺏길 염려가 없고 무한히 가공해서 사용할 수 있습니다. 평상시에 축적해 둔 지식은 위기를 맞았을 때 사용할 수 있는 최고의 재산이 됩니다.

글쓰기! 꼬리 잡기 예시 답안

1 가난한 신세가 된 부자들은 왜 랍비의 지식이 최고의 보물이라고 했나요?

> **예시1** 가난한 신세가 된 부자들은 지식은 누구에게도 빼앗기지 않고, 언제든지 끄집어내어 쓸 수가 있으며, 아무리 써도 없어지지 않으니 이 세상 모든 것을 가진 것과도 같기 때문에 최고의 보물이라고 했다.

2 돈과 지식 중 무엇이 더 중요할까요?

> **예시1** 나는 돈과 지식 중 돈이 더 중요하다고 생각한다. 왜냐하면 기본적인 생활을 하는 데는 돈이 꼭 필요하기 때문이다.

> **예시2** 나는 돈과 지식 중 지식이 더 중요하다고 생각한다. 왜냐하면 지식이 있으면 내가 아는 것을 활용해 인생을 지혜롭게 사는 데다 돈도 벌 수 있기 때문이다.

3 만약 돈 또는 지식 중 하나를 골라야 한다면 무엇을 고르고 싶나요? 그 이유는 무엇인가요?

> **예시1** 만약 돈 또는 지식 중 하나를 골라야 한다면 나는 돈을 고를 것이다. 그 이유는 하고 싶은 것을 마음대로 다 할 수 있어서이다.

> **예시2** 만약 돈 또는 지식 중 하나를 골라야 한다면 나는 지식을 고를 것이다. 그 이유는 하고 싶은 것을 하거나 돈을 버는 데에도 지식과 지혜가 필요해서이다.

위에 쓴 답을 옮겨 쓰며 한 편의 글을 완성해 보세요.

> **예시1** 가난한 신세가 된 부자들은 지식은 누구에게도 빼앗기지 않고, 언제든지 끄집어내어 쓸 수가 있으며, 아무리 써도 없어지지 않으니 이 세상 모든 것을 가진 것과도 같기 때문에 최고의 보물이라고 했다. 나는 돈과 지식 중 돈이 더 중요하다고 생각한다. 왜냐하면 기본적인 생활을 하는 데는 돈이 꼭 필요하기 때문이다. 만약 돈과 지식 중 하나를 골라야 한다면 나는 돈을 고를 것이다. 그 이유는 하고 싶은 것을 마음대로 다 할 수 있어서이다.

> **예시2** 가난한 신세가 된 부자들은 지식은 누구에게도 빼앗기지 않고, 언제든지 끄집어내어 쓸 수가 있으며, 아무리 써도 없어지지 않으니 이 세상 모든 것을 가진 것과도 같기 때문에 최고의 보물이라고 했다. 나는 돈과 지식 중 지식이 더 중요하다고 생각한다. 왜냐하면 지식이 있으면 내가 아는 것을 활용해 인생을 지혜롭게 사는 데다 돈도 벌 수 있기 때문이다. 만약 돈과 지식 중 하나를 골라야 한다면 나는 지식을 고를 것이다. 그 이유는 하고 싶은 것을 하거나 돈을 버는 데에도 지식과 지혜가 필요해서이다.

보물은 무엇일까요

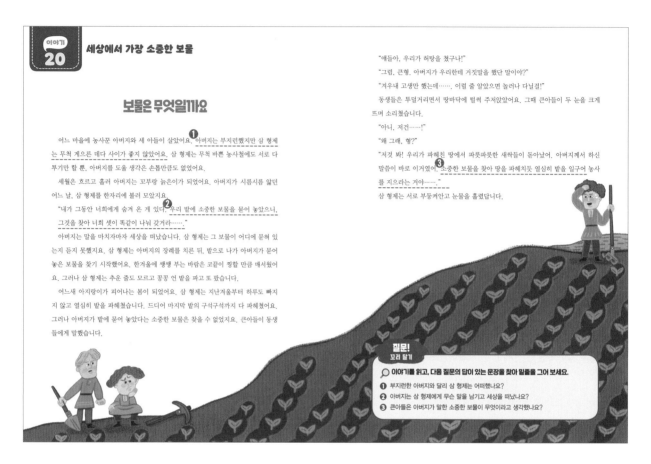

이야기
20 세상에서 가장 소중한 보물

보물은 무엇일까요

어느 마을에 농사꾼 아버지와 세 아들이 살았어요. ❶아버지는 부지런했지만 삼 형제는 무척 게으른 데다 사이가 좋지 않았어요. 삼 형제는 무척 바쁜 농사철에도 서로 다투기만 할 뿐, 아버지를 도울 생각은 손톱만큼도 없었어요.

세월은 흐르고 흘러 아버지는 꼬부랑 늙은이가 되었어요. 아버지가 시름시름 앓던 어느 날, 삼 형제를 한자리에 불러 모았지요.

❷"내가 그동안 너희에게 숨겨 온 게 있다. 우리 밭에 소중한 보물을 묻어 놓았으니, 그것을 찾아 너희 셋이 똑같이 나눠 갖거라……."

아버지는 말을 마치자마자 세상을 떠났습니다. 삼 형제는 그 보물이 어디에 묻혀 있는지 듣지 못했지요. 삼 형제는 아버지의 장례를 치른 뒤, 밭으로 나가 아버지가 묻어 놓은 보물을 찾기 시작했어요. 한겨울에 쌩쌩 부는 바람은 코끝이 찡할 만큼 매서웠어요. 그러나 삼 형제는 추운 줄도 모르고 꽁꽁 언 밭을 파고 또 팠습니다.

어느새 아지랑이가 피어나는 봄이 되었어요. 삼 형제는 지난겨울부터 하루도 빠지지 않고 열심히 밭을 파헤쳤습니다. 드디어 마지막 밭의 구석구석까지 다 파헤쳤어요. 그러나 아버지가 밭에 묻어 놓았다는 소중한 보물은 찾을 수 없었지요. 큰아들이 동생들에게 말했습니다.

"애들아, 우리가 허탕을 쳤구나!"

"그럼, 큰형. 아버지가 우리한테 거짓말을 했단 말이야?"

"겨우내 고생만 했는데……. 이럴 줄 알았으면 놀러나 다닐걸!"

동생들은 투덜거리면서 땅바닥에 털썩 주저앉았어요. 그때 큰아들이 두 눈을 크게 뜨며 소리쳤습니다.

"아니, 저건……!"

"왜 그래, 형?"

❸"저것 봐! 우리가 파헤친 땅에서 파릇파릇한 새싹들이 돋아났어. 아버지께서 하신 말씀이 바로 이거였어. 소중한 보물을 찾아 땅을 파헤치듯 열심히 밭을 일구어 농사를 지으라는 거야……."

삼 형제는 서로 부둥켜안고 눈물을 흘렸답니다.

질문! 꼬리 달기

🔎 이야기를 읽고, 다음 질문의 답이 있는 문장을 찾아 밑줄을 그어 보세요.

❶ 부지런한 아버지와 달리 삼 형제는 어떠했나요?
❷ 아버지는 삼 형제에게 무슨 말을 남기고 세상을 떠났나요?
❸ 큰아들은 아버지가 말한 소중한 보물이 무엇이라고 생각했나요?

질문! 꼬리 달기

〈세상에서 가장 소중한 보물〉 이야기에서 게으르고 사이가 좋지 않은 삼 형제를 보는 아버지의 마음은 어땠을까요? 아버지가 돌아가실 때 아들들에게 정말로 큰 선물을 주고 가신 듯합니다. 3개 질문의 답이 되는 문장에 밑줄을 그으면서 이야기의 내용을 파악해 보도록 합니다. 그리고 좀 더 많은 질문들로 숨겨진 내용들을 알아봅니다.

질문 더하기 ✚

○ 아들들은 몇 살일까?
○ 아들들이 기대했던 보물은 무엇이었을까?
○ 게으른 아들들이 추운 겨울날 밭을 파헤친 힘은 무엇이었을까?

뜻풀이

장례
장사를 지내는 일. 또는 그런 예식.

허탕 치다
어떤 일을 시도하였다가 아무 소득도 얻지 못하다.

겨우내
한겨울 동안 계속해서.

생각! 꼬리 물기

〈세상에서 가장 소중한 보물〉 이야기를 읽어 보면 아버지는 삼 형제에게 두 가지를 원했을 것 같습니다. 삼 형제가 사이좋게 지내는 것과 삼 형제가 부지런한 것, 이것은 아주 소중한 보물입니다. 이 두 가지를 다 갖추게 된 형제들이 어떻게 변할지 기대가 되지요?

아버지가 말한 보물은 무엇일까요?

농사일을 열심히 하는 것

땅을 일구어 농사짓는 일은 이 집의 주된 일입니다. 농사일은 힘들고 끈기가 있어야 하며 성실해야 합니다. 세 아들이 게으름을 피우지 않고 농사일을 열심히 한다는 것은 결국 아들들이 성실해진다는 것이므로 이것이 아버지가 말한 가장 소중한 보물입니다.

서로 힘을 합치는 것

혼자보다는 세 사람의 지혜를 모았을 때 천하무적이 되겠지요. 또 혼자서는 먼 길을 갈 수 없지만 함께라면 서로 격려해서 어려운 길도 쉽게 헤쳐 나갈 것입니다. 아버지는 이 점을 생각했을 것입니다. 힘을 합쳐서 사이좋게 지내는 것이 가장 소중한 보물입니다.

글쓰기! 꼬리 잡기 예시 답안

1 큰아들은 파릇파릇하게 돋아난 새싹을 보고 무엇을 깨달았나요?

> **예시** 큰아들은 새싹을 보고 소중한 보물을 찾아 땅을 파헤치듯 열심히 밭을 일구어 농사를 지으라는 아버지의 말씀을 깨달았다.

2 삼 형제에게 아버지가 말한 보물은 무엇일까요?

> **예시 1** 나는 삼 형제에게 아버지가 말한 보물이 농사일을 열심히 하는 것이라고 생각한다. 왜냐하면 논밭을 기름지게 잘 가꾸면 수확을 많이 할 수 있기 때문이다.

> **예시 2** 나는 삼 형제에게 아버지가 말한 보물이 서로 힘을 합하는 것이라고 생각한다. 왜냐하면 삼 형제가 힘을 합치면 무엇이라도 해낼 수 있기 때문이다.

3 만약 자신이 아버지라면 세상을 떠나기 전 뭐라고 말했을까요?

> **예시 1** 만약 내가 아버지라면 이야기 속 아버지처럼 보물을 밭에 묻었다고 할 것이다.

> **예시 2** 만약 내가 아버지라면 형제에게 사이좋게 잘 지내고, 열심히 농사를 지으라고 말할 것이다.

위에 쓴 답을 옮겨 쓰며 한 편의 글을 완성해 보세요.

예시 1 큰아들은 새싹을 보고 소중한 보물을 찾아 땅을 파헤치듯 열심히 밭을 일구어 농사를 지으라는 아버지의 말씀을 깨달았다. 나는 삼 형제에게 아버지가 말한 보물이 농사일을 열심히 하는 것이라고 생각한다. 왜냐하면 논밭을 기름지게 잘 가꾸면 수확을 많이 할 수 있기 때문이다. 만약 내가 아버지라면 이야기 속 아버지처럼 보물을 밭에 묻었다고 할 것이다.

예시 2 큰아들은 새싹을 보고 소중한 보물을 찾아 땅을 파헤치듯 열심히 밭을 일구어 농사를 지으라는 아버지의 말씀을 깨달았다. 나는 삼 형제에게 아버지가 말한 보물이 서로 힘을 합하는 것이라고 생각한다. 왜냐하면 삼 형제가 힘을 합치면 무엇이라도 해낼 수 있기 때문이다. 만약 내가 아버지라면 형제에게 사이좋게 잘 지내고, 열심히 농사를 지으라고 말할 것이다.

꼬리에
꼬리를 무는 **생각**
초등
글쓰기 ② 탈무드 편

초판 발행	2022년 3월 20일
초판 2쇄	2022년 8월 10일

글쓴이	장성애
그린이	곽진영
편집	김은경, 정진희
펴낸이	엄태상
디자인	김지연
조판	이서영
콘텐츠 제작	김선웅, 김현이, 유일환
마케팅본부	이승욱, 왕성석, 노원준, 조성민, 이선민
경영기획	조성근, 최성훈, 정다운, 김다미, 최수진, 오희연
물류	정종진, 윤덕현, 신승진, 구윤주

펴낸곳	시소스터디
주소	서울시 종로구 자하문로 300 시사빌딩
주문 및 문의	1588-1582
팩스	0502-989-9592
홈페이지	www.sisostudy.com
네이버카페	시소스터디공부클럽 cafe.naver.com/sisasiso
네이버블로그	blog.naver.com/sisosisa
인스타그램	instagram.com/siso_study
이메일	sisostudy@sisadream.com
등록일자	2019년 12월 21일
등록번호	제2019 - 000148호

ISBN 979-11-91244-58-8 64800
　　　 979-11-91244-56-4 (세트)